# FOLIOTHÈQUE

Collection dirigée par
**Bruno Vercier**
Maître de conférences
à l'Université de
la Sorbonne Nouvelle - Paris III

François Villon

**Poésies**

par Emmanuèle Baumgartner

Emmanuèle

Baumgartner

présente

**Poésies**

de François Villon

Gallimard

# LISTE DES ABRÉVIATIONS

Sauf indication contraire, toutes les citations renvoient à l'édition Poésie/Gallimard, préface de Tristan Tzara, édition établie par Jean Dufournet, 2ᵉ éd. revue, 1973. Comme l'indique l'éditeur, p. 204, « pour faciliter la lecture du poète », ont été modernisées les graphies « fort bigarrées et anarchiques au XVᵉ siècle ». Cette édition, qui comporte également un dossier, donne le *Lais*, le *Testament* (abrégé en *Test.*) et seize *Poésies diverses*. N'y ont pas été retenues les six ballades en jargon.

*Com. I et Com. II* renvoient respectivement au Commentaire du *Testament Villon* et au Commentaire du *Lais Villon* et des *Poèmes variés* procurés par Jean Rychner et Albert Henry, Genève, Droz, 1974 et 1977.

*Rech. I, Rech. II* et *Nouv. Rech.* renvoient respectivement aux études de Jean Dufournet, *Recherches sur le « Testament » de François Villon*, Paris, SEDES, 2 vol., 1971 et 1973, et *Nouvelles Recherches sur Villon*, Paris, Champion, 1980.

# « LE BIEN RENOMMÉ VILLON » (*Lais*, v. 314)

La singularité de la voix de Villon au sein de la production poétique du XV<sup>e</sup> siècle est pour beaucoup dans la fascination qu'a depuis toujours exercée cette œuvre sur ses lecteurs. En cette fin du Moyen Âge, cette voix s'inscrit pourtant dans une tradition fortement constituée. Nombre d'œuvres, à partir du XIII<sup>e</sup> siècle, mettent en scène un « je » lyrique, dramatique, plus rarement romanesque, exhibant son « moi », chantant ou exprimant dans ses « dits » les aventures, les espoirs, les échecs d'une expérience amoureuse, intellectuelle, poétique, présentée comme authentique et personnelle. Il suffira de citer ici les grands ancêtres du XIII<sup>e</sup> siècle : le « je » amant du *Roman de la Rose* de Guillaume de Lorris, le « je » lyrique du *Congé* de Jean Bodel, le « je » polémique, pamphlétaire ou déplorant sa pauvreté des poèmes de Rutebeuf, le « je » théâtralisé du *Jeu de la Feuillée* d'Adam de la Halle, même si des modèles plus immédiats furent pour Villon la poésie « personnelle » d'Alain Chartier, d'Eustache Deschamps, de Charles d'Orléans. Nulle part cependant ne résonne avec autant d'intensité et de charge émotionnelle que dans l'œuvre de Villon la voix encore vibrante d'un homme qui dépouille peu à peu devant l'auditeur/lecteur, son semblable, son frère, les oripeaux qui le déguisent pour arriver enfin à l'ultime dénudement du corps et du cœur face à la mort, au silence.

Éprouver de manière quasi physique à la lecture de l'œuvre cette « vive soudure » (*Lais*, v. 39) entre l'œuvre et un cœur mis à nu a incité des générations de critiques et de lecteurs à établir eux aussi une relation entre les deux termes, à scruter ce que l'on peut savoir de l'« être au monde » de Villon et, cédant à l'illusion autobiographique, à lire cette poésie comme « l'expression plus ou moins fictive de la vie réelle du poète[1] ». Dans une comparaison souvent citée entre Villon et Verlaine, Paul Valéry baisse la garde : « Mais cette fois, le problème biographique est inévitable. Il s'impose et je dois faire ce que je viens d'incriminer[2]. » La démarche, en contradiction avec le refus bien connu de Valéry pour le « biographisme » (« Que me font les amours de Racine ? C'est Phèdre qui m'importe »), peut surprendre. Elle souligne nettement l'embarras du lecteur face à Villon et à l'œuvre rassemblée sous ce nom. Comment, se dit-on, comprendre l'œuvre sans connaître d'abord l'homme qui s'y est mis tout entier ? Or, sur cet homme, nous ne savons pratiquement rien, rien du moins qui nous renseigne de manière un peu précise sur son activité poétique ou même, selon certains critiques, théâtrale. Les clés ont été très vite perdues, qui permettraient d'entrer dans les milieux très divers qu'évoquent ses poèmes, et jusqu'au « milieu » tout court des coquillards, qu'il a sans doute également fréquenté.

Cet embarras est ancien. Le premier à l'avoir exprimé est Clément Marot. Dans la préface à son édition, en 1532, des œuvres de

1. Voir Roger Dragonetti, « L'œuvre de François Villon devant la critique positiviste », *La musique et les lettres*, Genève, Droz, 1986, p. 324.

2. « Villon et Verlaine », *Œuvres*, t. I, Pléiade, p. 429.

1. Voir Dossier, p. 179.

Villon[1], il insiste sans doute sur la renommée persistante d'une œuvre qui, dit-il, vit encore, de son temps, à Paris, dans la mémoire vive des « bons vieillards qui en savent par cœur ». Mais il ajoute aussi que « quant à l'industrie des legs qu'il fit en ses testaments, pour suffisamment la connaître et entendre, il faudrait avoir été de son temps à Paris, et avoir connu les lieux, les choses et les hommes dont il parle ». Il recommande donc aux poètes à venir de ne pas choisir comme sujet « telles choses basses et particulières ». Ce sont pourtant ces choses si « particulières » et bien souvent si « basses » qui ont suscité de persévérantes interrogations. Depuis la fin du XIXe siècle, la critique s'est livrée à un très minutieux travail d'exégèse et d'élucidation pour reconstituer la vie de Villon, cerner les milieux dans lesquels il a évolué, le statut social des bénéficiaires des legs ou des dédicataires des ballades, ainsi que les relations que le poète a pu (ou non) entretenir avec eux, afin de mieux situer les *Poésies diverses*, le *Lais* et le *Testament* dans le déroulement d'une vie que l'on peut à juste titre croire mouvementée, mais qui nous reste si opaque.

Les travaux pionniers en ce domaine sont ceux d'Auguste Longnon, *Étude biographique sur François Villon d'après les documents inédits conservés aux Archives nationales*, 1877, de Marcel Schwob, *François Villon. Rédactions et notes*, 1912, et de Pierre Champion, *François Villon, sa vie et son temps*, 1913.

Cette « critique positiviste » du texte, pour reprendre les termes de Roger Dragonetti, a été et reste nécessaire. L'identification, patiemment menée par des générations de chercheurs, de la plupart des personnes citées dans le *Testament,* permet déjà de voir combien, à de très rares exceptions (la mère du poète, sans doute, mais qu'en est-il au juste pour Guillaume de Villon, le « plus que père » ?), elles ont été utilisées à contre-emploi et comment la contre-vérité et la pratique de l'antiphrase et de l'ironie sont au cœur de l'écriture de Villon. Ces recherches constituent ainsi un très utile garde-fou contre la tentation de prendre pour argent comptant toutes les déclarations du poète. Encore faut-il savoir, comme l'a judicieusement rappelé Jean Dufournet[1], où s'arrêter dans le doute méthodique et les excès interprétatifs. De fait, l'intérêt et la richesse de l'œuvre de Villon sont en grande partie liés à cette incertitude du lecteur, toujours partagé entre la crainte de « se faire avoir » et l'émotion qu'il ressent devant cette « vérité » qu'il croit percevoir.

Les précisions que le « je » poétique multiplie sur lui-même, jointes aux allusions à des personnages souvent bien réels qui apparaissent au fil des legs ou des dédicaces, ont, il est vrai, une telle présence et produisent un tel effet de trompe-l'œil qu'elles ont suffi à établir mieux que des documents d'archives la fiction du *Testament* comme étant la « confession » véridique et sincère d'un mauvais garçon. De ce point de vue, les mises en garde parfois excessives de Roger Dragonetti et plus encore de Pierre Guiraud contre l'assimilation entre l'homme et l'œuvre ont sans

1 *Rech. I,* p. 17.

doute été salutaires. Il importait de prévenir le lecteur contre une démarche érudite qui croit avoir accompli sa tâche et donné l'œuvre à lire clé en main, lorsqu'elle a inventorié des documents d'archives. Il importait de prévenir ce lecteur de bonne foi contre le piège que lui aurait tendu, selon Pierre Guiraud, cet « illusionniste génial » qu'est Villon en lui faisant croire que son *Testament* est une « autobiographie » et non une œuvre de fiction[1]. Il était nécessaire de ramener la critique sur le terrain de l'analyse formelle.

Mais peut-être faut-il maintenant s'interroger moins sur la dimension référentielle de l'œuvre que sur sa réalité poétique, se laisser pénétrer par une charge émotive qui a traversé les siècles, se demander comment un homme dont nous ne savons presque rien a recréé par le langage une vie, un cheminement spirituel et esthétique qui, en tant de vers du *Testament* ou des *Poésies diverses,* semblent saisis au plus près de l'expérience existentielle et semblent en léguer intacts l'impression première, le jaillissement tremblé, la sensation à vif. Autrement dit, quelle force de persuasion travaille ce texte pour que son lecteur se croie face à une autobiographie et qu'il n'échappe guère à la tentation sans cesse recommencée de rêver, de reconstruire, d'inventer une vie de Villon à partir de l'œuvre qui lui est léguée[2] ?

1. Pierre Guiraud, *Le Testament de Villon et le gai savoir de la Basoche*, Gallimard, 1970, p. 9.

2. Les éléments connus de la biographie de Villon sont présentés aux p. 199-201 de l'édition Poésie/Gallimard.

# I    INVENTAIRE

## TEXTES

> De tout ce testament, en somme,
> S'aucun y a difficulté,
> L'oster jusqu'au rez d'une pomme
> Je lui en donne faculté
>
> (*Test.*, v. 1848-1851).

Dans les huitains CLXXIII et CLXXIV du *Testament,* Villon autorise un certain Jean de Calais, qu'il choisit comme exécuteur de ses dernières volontés, à faire subir à son texte tous les (mauvais) traitements que l'on peut infliger à un écrit, y compris sa destruction pure et simple. La fréquence avec laquelle Villon a pris soin d'insérer son nom en acrostiche dans ses ballades ou à la rime de plusieurs huitains du *Lais* et du *Testament,* la ténacité qu'il met à signer son œuvre, autant que peut le faire un écrivain de ce temps, sont autant d'incitations à lire à rebours ces deux huitains. Pourtant, le « vœu » de Villon a été exaucé. Comme le déplorait déjà Clément Marot, Villon a été irrémédiablement « blessé en ses Œuvres » et « il n'y a si expert chirurgien qui le sût panser sans apparence de cicatrice[1] ».

On ne refera pas ici l'histoire, complexe et longue, des éditions de Villon postérieures à celle de Marot[2]. Rappelons simplement qu'aucun des manuscrits ou imprimés anciens conservés ne donne la totalité des poésies qui

1. Voir Dossier, p. 180.

2. Voir Mary Speer, « The Editorial Tradition of Villon's *Testament :* From Marot to Rychner and Henry », *Romance Philology,* vol. XXXI, n° 2, 1997, p. 344-361.

lui sont attribuées. L'édition imprimée, ornée de dix gravures sur bois, publiée en 1489 par Pierre Levet (sigle *I*), et dont il reste trois exemplaires, contient (sous des appellations et dans un ordre par ailleurs différents) le *Testament,* plusieurs pièces diverses, six ballades en jargon et se clôt sur le *Lais.* Il se pourrait d'ailleurs qu'elle ne soit pas la première édition imprimée[1]. Le texte, souvent refait, n'est pas d'une très grande fiabilité et les plus récents éditeurs ont donné priorité au texte des manuscrits. Le *Testament* a été en effet également conservé dans trois manuscrits : *F* (Stockholm, Bibliothèque royale, ms. V.u. 22, postérieur à 1477), *A* (Paris, Bibliothèque de l'Arsenal, 3523, fin du XVe siècle) et *C* (B.N. fr. 20041), un manuscrit impossible à dater avec précision. Ce manuscrit, choisi comme manuscrit de base dans notre édition de référence, est, selon Rychner-Henry, le « témoin le plus précieux, en vertu même sans doute, de son indifférence et de sa "passivité"[2] ». Mais les nombreuses variantes et indications textuelles de leur édition permettent de se faire une première idée des multiples difficultés rencontrées pour l'établissement du texte. Le lecteur actuel de Villon doit donc garder en mémoire que ce qu'il lit est l'aboutissement d'un très long travail sur la « lettre » même du texte, travail où se croisent les corrections de fautes, les conjectures, les choix interprétatifs.

Cette entreprise de longue haleine a été commencée par Marot qui, entre autres interventions et corrections, a d'abord imposé, en

1. Voir Rychner-Henry, *Testament,* I, éd. cit., p. 4.

2. *Ibid.*, p. 19.

rupture avec l'ordre suivi par les éditions imprimées dont il disposait et en fonction de la chronologie des œuvres, l'ordre *Lais (Petit Testament)*, *Grand Testament*. Il a également jugé bon d'exclure de son édition les ballades en jargon, car, dit-il, « touchant le jargon, je le laisse à corriger et à exposer aux successeurs de Villon en l'art de la pince et du croc ». D'autres importantes interventions de Marot concernent l'élucidation du texte, du cadre et des personnages qu'il évoque. En donnant à certaines ballades ou à des passages particuliers du *Testament* des titres au reste empruntés à leur contexte immédiat (ou en amplifiant les titres existants), en indiquant le cas échéant leurs destinataires, en signalant les changements de voix narratives, en introduisant gloses, commentaires, rubriques, Marot a certainement facilité la lecture de l'œuvre, mais il en a bien souvent aussi orienté et pour longtemps l'interprétation, en accentuant son caractère référentiel, voire biographique[1].

1. Voir Catherine Dop-Miller, « Clément Marot et l'édition humaniste des œuvres de Villon », *Romania*, t. 112, 1991, p. 217-242, et Jacqueline Cerquiglini, « Clément Marot et la critique littéraire et textuelle : du bien renommé au mal imprimé Villon », dans *Clément Marot, « Prince des poëtes françois »*, Champion, 1997, p. 157-164.

Les titres que Marot a proposés pour la trilogie formée par la *Ballade des dames du temps jadis*, la *Ballade des seigneurs du temps jadis* et la *Ballade en vieil langage françois* soulignent avec bonheur l'identité d'inspiration des trois poèmes. Le titre *Les Regrets de la belle Hëaumière* qualifie avec pertinence la tonalité des vers 457-532, tandis que le titre donné à la ballade qui les suit, *Ballade de la belle Hëaumière aux filles de joie*, lève toute ambiguïté sur le métier des jeunes femmes interpellées. Mais le titre *Ballade de Villon à s'amie* (*Test.*, v. 942-969) donné à la ballade qui se termine « tout par R » (à prononcer *erre* ; v. 935) ancre plus audacieusement le poème dans l'itinéraire amoureux du poète.

Les problèmes d'édition posés par le *Lais* sont également délicats. On dispose d'un manuscrit de plus, *B* (Paris, B.N. fr. 1661), mais le texte en est mauvais. Des problèmes supplémentaires sont pour le *Lais* la divergence dans l'ordre de certains groupes de huitains, l'ordre adopté par le manuscrit *C* ayant selon Rychner-Henry « toutes les chances d'être original[1] », et l'absence, dans ce manuscrit, de dix huitains (IV-IX et XXXVI-XXXIX) sur un total de quarante, pour lesquels il faut utiliser les manuscrits *A* et *F*. Quant aux pièces isolées, pour l'essentiel des ballades, elles ont été diversement conservées dans les manuscrits déjà cités, dans l'imprimé de Levet, et dans des recueils anthologiques comme *Le Jardin de Plaisance et fleur de rhétorique* (imprimé par Antoine Vérard à Paris, vers 1501).

1. *Lais*, I, p. 9.

Certaines pièces ont posé des problèmes d'attribution. L'édition Jean Dufournet conserve le rondeau *Jenin l'Avenu,* qu'élimine l'édition Rychner-Henry. Ceux-ci conservent en revanche la *Ballade franco-latine,* qu'exclut J. Dufournet. L'attribution à Villon de la *Ballade contre les ennemis de la France*, qui reste incertaine, a été très nettement combattue par W. H. Rice (« Is the *Ballade contre les ennemis de la France* by Villon ? » dans *Symposium*, n° 7, 1953, p. 140-146).

Le manuscrit B.N. fr. 25458 (sigle *01*), manuscrit en partie autographe de Charles d'Orléans, donne trois ballades de Villon, *Louange à Marie d'Orléans*, *Ballade des contradictions*, *Ballade franco-latine*, qui ont été sans doute transcrites dans le recueil par le poète lui-même[2]. La plus célèbre enfin des

2. Voir Nancy Freeman Regalado, « *En ce saint livre :* mise en page et identité lyrique dans les poèmes autographes de Villon dans l'album de Blois (B.N. fr. 25458) », dans *L'Hostellerie de pensée, Études... offertes à Daniel Poirion...*, Presses de l'Université de Paris-Sorbonne, 1995, p. 355-372.

poésies de Villon, la *Ballade des pendus*, dont le titre ancien est dans trois cas l'*Épitaphe Villon*, a été conservée par l'imprimé de Levet et par six manuscrits.

## TITRES

> Si me souvient, à mon avis,
> Que je fis à mon partement
> Certains lais, l'an cinquante six,
> Qu'aucuns, sans mon consentement,
> Voulurent nommer Testament
> <div align="right">(<i>Test.</i>, v. 753-757).</div>

Ces vers du *Testament* ont depuis longtemps incité les éditeurs à intituler *Lais* la première œuvre suivie de Villon, alors que tous les manuscrits sauf *A* et l'imprimé de Levet l'appellent le « petit » ou le « premier » *Testament* de « maistre François Villon ». S'il existe en effet des ressemblances de structure et de tonalité très fortes entre le *Lais* et le *Testament,* la différence que souligne Villon est d'importance. À ce « partement », à l'exil plus ou moins loin de Paris, très vraisemblablement lié à l'affaire du vol du collège de Navarre, en 1456 précisément, et que l'auteur du *Lais* déguise sous le masque de la rupture amoureuse, s'oppose le « vrai » testament : l'adieu à la vie d'un homme qui se présente, à trente ans, en posture d'agonisant et qui affirme sa volonté de « partir » de ce monde. Le titre d'ailleurs du premier texte est donné « en clair » au vers 64, où le poète déclare « Si établis ce présent lais » et où *lais,* ici employé au singulier, prend la valeur collective de « pièce poétique contenant des legs » et fonctionne comme quasi-synonyme de « testament ». Ce vers fonde la polysémie d'un terme qui, appartenant en priorité au vocabulaire juridique, entre ici dans la sphère du poétique, et qui évoque aussi bien, par le jeu de l'homophonie, le « lai » narratif, le récit bref mis à la mode, au XII<sup>e</sup> siècle, par Marie de France (mais à cette date sans doute bien oublié), que les « lais », compositions lyriques abondamment pratiquées par les auteurs des XIV<sup>e</sup> et XV<sup>e</sup> siècles. Villon d'ailleurs semble reprendre le terme dans cette dernière acception au vers 973 du *Testament,* où il donne un « lai » (de fait un rondeau) à Ythier Marchant. Rappelons que *lais* est un déverbal de *laissier/laisser,* la graphie *legs* (et le rapprochement fautif avec *léguer*) n'apparaissant qu'à la fin du XV<sup>e</sup> siècle, et qu'il peut donc prendre la double valeur de « léguer » et de « laisser derrière soi », comme trace d'une existence.

Quant au terme de « testament », qui apparaît dès le vers 78 du *Testament,* qui se retrouve aux vers 1848 et 1996, et qui a toute chance d'être le titre choisi par Villon, il est donné par le manuscrit *C (Le Testament Villon)*, le manuscrit *F* portant *Le Testament second de maistre François Villon* et *I* précisant : « Cy commence le grant codicille et testament maistre François Villon. » Les adjectifs « grand » et « second » montrent de plus combien le lien entre les deux œuvres a été très tôt sensible.

À l'époque où écrit Villon, le terme de « testament »
appartient déjà au vocabulaire littéraire, puisqu'il désigne
à la fois un document juridique officiel et des compositions poétiques qui en sont souvent le détournement ou
la parodie[1]. À l'aube du XIVᵉ siècle, Jean de Meun avait
rédigé en quatrains d'alexandrins monorimes un *Testament*, qui n'a d'ailleurs rien de parodique. Adoptant le
ton burlesque, la lettre 1411 d'Eustache Deschamps,
une courte pièce de cent quatre octosyllabes, se désigne,
elle, comme *Testament par esbatement*. On attribue à
Pierre de Hauteville *La Confession et le Testament de
l'amant trespassé de deuil*, un texte en sizains d'octosyllabes écrit entre 1441 et 1447 et à l'intitulé suffisamment
éloquent. La veine sentimentale apparaît également dans
la ballade LXX de Charles d'Orléans, *Puis que Mort a
prins ma maistresse*, dans laquelle le « je » amant lègue au
dieu d'Amour son « esprit » et répartit entre les « vrais
amans la richesse des biens d'Amours qu'avoir souloye ».
Plus grave, la partie proprement testamentaire (les vers
3577-3774, groupés pour l'essentiel en quatrains d'octosyllabes et suivis d'un « congé ») de l'œuvre de Jean
Regnier, *Les Fortunes et adversitez*, écrite en 1432, est tout
entière traversée par l'angoisse d'un prisonnier face à une
mort qu'il pense imminente. Cet inventaire, d'une disparate voulue, est loin d'être exhaustif. Du moins permet-il
de voir comment le testament poétique, transposition
plus ou moins stricte du testament juridique, désigne
davantage au XVᵉ siècle une thématique aux inflexions
variées qu'une forme codifiée.

1. Voir W. H. Rice,
*The European Ances-
try of Villon's Satiri-
cal Testaments*, New
York, 1941.

## FORMES

À cette thématique empruntée, Villon impose à partir du *Lais* un moule strophique
qu'il a repris dans le *Testament* : le huitain
d'octosyllabes. Il n'en est pas l'inventeur.

La poésie médiévale oppose des formes fixes comme le rondeau et la ballade à des compositions plus souples, fondées sur des strophes aux formes très diverses. Les unes et les autres s'opposent globalement aux textes composés en couplets d'octosyllabes à rimes plates, qui sont du côté du récit et non de la poésie. Mais à partir du XIVᵉ siècle, nombre de compositions poétiques font alterner octosyllabes narratifs, formes fixes et suites de strophes. La prose peut enfin remplacer, comme dans le cas du *Voir Dit* de Guillaume de Machaut, le récit en octosyllabes.

Dès la fin du XIIᵉ siècle Hélinand de Froidmont, un moine de l'ordre de Cîteaux auteur des *Vers de la mort*, avait utilisé, pour marteler le triomphe de la mort et l'urgence du repentir, des strophes de douze octosyllabes, construites sur un schéma de rimes assez complexe. Cette forme se retrouve dans les *Congés* de Jean Bodel (au tout début du XIIIᵉ siècle), puis de Baude Fastoul (vers 1272-1273), deux poètes arrageois obligés de quitter leur ville parce qu'ils sont atteints par la lèpre, et dans le *Congé*, d'inspiration bien différente, d'Adam de la Halle (vers 1276-1277). David Kuhn a naguère judicieusement mis en parallèle (sur un autre plan il est vrai) le poème de Rutebeuf intitulé *La Repentance* ou *La Mort Rutebeuf*, également composé de douzains d'octosyllabes, et qui est sans doute un adieu à un certain type d'écriture plus qu'un face à face avec la mort, avec le *Testament*[1]. Mais un modèle plus immédiat fut sans doute pour Villon le poème d'Alain Chartier, *La Belle Dame sans merci*, écrit en 1424, et qui se présente

1. *La poétique de Villon,* Armand Colin, 1967, p. 473-479.

23

comme une suite de huitains d'octosyllabes aux rimes disposées selon le schéma *abab-bcbc*, le schéma strophique que reprend donc Villon. Au XVᵉ siècle, au reste, cette forme est très souvent adoptée. On la retrouve par exemple, pour citer un autre prédécesseur de Villon, dans plusieurs compositions du poète bourguignon Michault Taillevent[1].

Forme très équilibrée, qui impose de manière répétitive, du moins sur la page imprimée des éditions modernes, l'image parfaite du carré, le huitain d'octosyllabes déploie la parole poétique selon une certaine continuité. Sans doute chaque strophe est-elle isolée/définie par l'apparition d'un nouveau jeu de rimes, par leur disposition, qui la referme sur elle-même en la balançant suivant le schéma 4 + 4. Mais la succession des strophes sous-tend un déroulement linéaire, que l'on attend logique, proche du « dire » narratif, de la suite d'octosyllabes à rimes plates qui a été longtemps la forme usuelle du récit médiéval. Pourtant, dans un perpétuel va-et-vient, l'effet de fermeture que crée la strophe suspend chaque fois (ou presque) cette continuité pour relancer le discours ailleurs, autrement, et le rythme oscille entre clôture et ouverture. Il faudrait étudier de manière systématique les rimes qu'utilise Villon. Signalons du moins l'importance numérique, donc sémantique, que prend dans ce schéma la rime *b*, quatre fois répétée en huit vers, et qui bien souvent donne la « clé » selon laquelle interpréter le huitain.

Le huitain d'octosyllabes est la seule forme utilisée dans le *Lais*. Le *Testament* offre un

1. Voir Robert Deschaux, *Un poète bourguignon du XVᵉ siècle, Michault Taillevent (Édition et Étude)*, Genève, Droz, 1975 (spécialement p. 305).

plus large éventail. Les séquences de huitains sont interrompues à intervalles très irréguliers par des poèmes à forme fixe. Les ballades, simples, doubles, ou formant des séries de deux ou de trois, sont les mieux représentées. On trouve aussi trois rondeaux, mais qualifiés par le poète le premier de « lai » (v. 978-989), le deuxième de « bergeronnette » (v. 1784-1795), le troisième, qui est en fait une parodie du *Requiem*, de « verset » (v. 1892-1903). Rondeaux et ballades interviennent assez tardivement dans le texte. La triade constituée par la *Ballade des dames du temps jadis*, la *Ballade des seigneurs du temps jadis* et la *Ballade en vieil langage françois*, toutes trois composées en strophes de huit octosyllabes (une forme reprise dans la *Ballade de la belle Hëaumière*, puis dans la *Double ballade*), est insérée après le huitain XLI (v. 328).

Il faut d'autre part arriver au vers 873 et à la *Ballade pour prier Notre Dame* pour que l'octosyllabe, un vers qui est donc jusque-là commun aux huitains et aux couplets des ballades, cède la place au décasyllabe, vers « noble », qui est aussi le vers utilisé dans les ballades suivantes : *Ballade à s'amie*, *Ballade et oraison* (pour maître Jean Cotart), *Ballade pour Robert d'Estouteville*, *Ballade des langues ennuyeuses*, *Les Contredits de Franc Gontier*, *Ballade de la grosse Margot*. Mais, dès la *Ballade des femmes de Paris*, s'amorce comme un decrescendo : les trois dernières ballades, y compris la ballade sur laquelle se clôt le *Testament*, sont écrites en strophes (en huitains) d'octosyllabes, et tendent ainsi à se fondre dans leur environnement. Seule la triple répétition de la formule rimique et le retour du refrain signalent la différence. Comme si, après avoir étalé son savoir-faire, le poète revenait, pour clore son œuvre, au rythme plus familier du huitain[1].

1. Voir Michel Butor, « La prosodie de Villon », *Critique*, n° 310, mars 1973, p. 195-214.

Formes fixes, très codées, d'exécution difficile, les ballades, isolées ou réunies en recueils plus ou moins savamment agencés, tiennent en effet le haut du pavé dans la production poétique des XIVᵉ et XVᵉ siècles. Villon lui-même a beaucoup sacrifié à l'art de la ballade, comme le prouve l'ensemble des poèmes variés où l'on dénombre quatorze ballades et une double ballade.

---

Dans sa forme canonique, la ballade comporte trois strophes, qui utilisent le même schéma de rimes, suivies d'un envoi dont le nombre de vers dépasse rarement la moitié de la strophe. Un refrain revient à la fin de chaque strophe et de l'envoi. La longueur des strophes peut varier de six à quatorze vers, le mètre peut varier de quatre à dix syllabes. La variante qu'est la double ballade comporte six strophes. Le « prince » souvent nommé dans l'envoi désigne, par tradition, le « prince du puy », de la confrérie poétique, à qui est soumis le poème.

---

Leur présence dans le *Testament* — qu'elles aient été écrites pour cette œuvre ou remployées au cours de sa composition — est un événement poétique beaucoup plus original. Il a sans doute des précédents. Depuis le début du XIIIᵉ siècle au moins, une série assez fournie de romans insère dans une trame narrative en vers ou en prose des pièces lyriques. À la fin du XIVᵉ siècle, *Le Dit de la Fontaine amoureuse* de Guillaume de

Machaut, pour nous limiter à ce seul exemple d'une formule souvent reprise, tisse au « dit », composé en octosyllabes, deux longues « complaintes » en strophes, au schéma formel et rimique très élaboré, et s'achève sur un rondeau. Mais la différence reste sensible entre des formes marquées poétiquement, des formes « fixes », et la trame narrative tissée par le couplet d'octosyllabes à rimes plates. En mêlant avec insistance ballades et rondeaux, des poèmes à forme fixe, aux huitains d'octosyllabes qui sont eux aussi une forme fixe, Villon brouille les frontières. La ballade se banalise au contact du huitain, elle se fond dans le rythme dominant, surtout au début et à la fin du *Testament,* où Villon a choisi la strophe en octosyllabes. Le huitain perd un peu de son statut de forme marquée, tend vers le prosaïque. Les rituels poétiques se désagrègent. Le réseau qui se tisse entre les huitains, les ballades et, à la fin du texte, les rondeaux, est un moyen habile de fondre des formes codées, plus chargées d'artifice, au dire « vrai » du « je » Villon, tout comme la « leçon » en forme de ballade de la belle Hëaumière aux filles de joie résonne comme le prolongement spontané de l'impitoyable portrait du « moi » au miroir qui la précède.

La remarque au reste s'applique mieux aux ballades en octosyllabes qu'à celles en décasyllabes, qui tranchent davantage sur les huitains et dont le statut et la fonction à l'intérieur du *Testament* (est-ce corrélé ?) semblent différents. Quant aux appellations

disparates que donne Villon aux trois rondeaux qu'il insère, ne viseraient-elles pas à
mettre en évidence leur thème plutôt que
l'appartenance générique ? Un *lai*, une com-
plainte, pour chanter sur l'air du *De profundis*
des amours mortes (celles d'un rival ?) ; une
autre plainte, mais à la mélodie leste assez
peu adaptée au contenu, pour la « bergeronnette » léguée à Jacques Cardon ; l'horreur
sacrée du *Requiem* pour le rondeau si justement baptisé « verset ». Il se pourrait enfin
que la manière concertée avec laquelle Villon
tend à fondre ballades et rondeaux dans le
corps du *Testament* serve aussi à souligner le
caractère déceptif de poèmes qui ne se donnent comme « legs » exportables hors des
bornes du texte que pour mieux tisser leurs
liens. Le *Testament,* un texte à prendre en bloc.

# II      STRUCTURES

## LA FICTION TESTAMENTAIRE

> Premièrement, ou nom du Père,
> Du Fils et du Saint Esprit
> Et de sa glorieuse Mère
>
> (*Lais*, 65-67).

Transposer sur le mode poétique une
forme juridique n'est pas au XVe siècle d'une
grande originalité. Villon a derrière lui toute

une production de « débats » — il a lui-même composé selon ce modèle une ballade titrée tantôt *Débat du cœur et du corps de Villon*, tantôt *Débat de Villon et de son cœur* —, de « jugements » et de testaments satiriques ou lyriques. Mais il est sans doute le premier à avoir utilisé et parodié de manière aussi suivie le cadre, le vocabulaire et la structure d'un testament réel[1].

1. Voir A. J. A. Van Zoest, *op. cit.*, Bibliographie p. 199.

À l'époque de Villon, un testament réel est l'inscription en latin et/ou en français de la parole d'un « je » qui décline en ouverture son identité, son statut social, son lieu d'habitation et qui se déclare, au moment de tester, en pleine possession de ses facultés mentales, puis qui recommande son âme à Dieu, à la Vierge, aux saints, etc., et énonce ses dernières volontés concernant l'ordonnance de ses obsèques. Est ensuite déroulée la liste plus ou moins longue des legs, introduits par la formule *Item* (de même) *je laisse et/ou donne,* décrivant avec précision les différents dons, leurs destinataires, personnes privées ou institutions religieuses, charitables, etc., et éventuellement les charges qui leur incombent en retour. La plus courante est de prier ou de faire dire des messes pour l'âme du défunt. Est enfin désigné celui (ou ceux) qui doit remplir le rôle d'exécuteur testamentaire. Le testament se conclut sur une formule dans laquelle le testateur décline une dernière fois son identité et ratifie par l'imposition de sa signature et/ou de son sceau l'exactitude des dispositions qui viennent d'être consignées.

Énoncé de type performatif, puisque cet ultime acte de parole est à la fois prière de l'urgence, ordres à exécuter, dons à dispenser, le testament a la triple fonction d'assurer le salut de l'âme du mourant, de transmettre

1. Voir Heinz Weinmann, « L'économie du *Testament* de François Villon », *Études françaises*, vol. XVI, n° 1, p. 35-62.

ses biens — ce qui est aussi manière efficace d'œuvrer pour son salut[1] — et d'organiser le rituel du passage vers l'au-delà.

La prégnance de ce modèle est très sensible dans le *Lais,* à condition bien entendu de négliger l'essentiel, la constante déconstruction du cadre choisi par la nature des biens légués, le plus souvent dérisoires et fort déshonnêtes, et par la férocité des attaques contre leurs « bénéficiaires ». On se souviendra aussi que le départ annoncé se fait non pas sous le signe de la mort imminente, mais du renoncement, lui-même traité sur le mode parodique, à l'amie trop cruelle et à l'amour. Le premier huitain semble pourtant correspondre à l'ouverture imposée : présentation d'un « je » qui se situe dans le temps, se définit — « Je, François Villon, écolier » —, souligne son bon état mental, tout en insistant de manière un peu surprenante sur sa vigueur. L'allusion à Végèce (v. 7-8), auteur latin spécialiste de l'art militaire, paraît également bien peu en situation. Qui plus est, tandis que ce « je » officiel cède la place, dès le vers 9 (et par le biais d'une rupture syntaxique), à un « je » beaucoup plus en prise sur le « réel », les huitains II à VII abandonnent le thème qui semblait annoncé, « ses œuvres conseillier » (mettre de l'ordre dans ses affaires, v. 5), ou mieux le reprennent sur le mode très littéraire de la séparation du « cœur » et du « corps ». Le modèle testamentaire réapparaît cependant à partir du huitain VIII — suite de considérations fort plates sur la précarité de la vie — , le huitain IX reprenant la traditionnelle prière de recommandation. Se déploie alors la litanie des *Item* (huitains X-XXXIV) qui énoncent les différents legs. Mais le huitain XXXV amorce une rupture temporelle et tonale. Le « je » qui parle n'est plus celui qui testait devant nous mais celui qui, se sentant d'abord en verve (« en bonne »), a composé et rédigé « ces lais » (v. 275), qui a prié en entendant l'angélus du soir, avant de sombrer (huitain XXXVI) dans un sommeil au cours duquel les sens ont mis en veilleuse la « souvraine partie » (v. 300) du « moi ». Au sortir de cet « entroubli » sans doute trop réparateur, le poète n'a pas retrouvé les moyens matériels, l'encre, la chandelle (et, peut-on penser, l'inspiration), de continuer à écrire et s'est rendormi.

Le dernier huitain revient en apparence au modèle testamentaire. Le texte est daté par le renvoi au vers 1, mais la rime *date/datte* (le fruit, en alliance avec *figue*) frise l'impertinence. Le nom de l'auteur du *Lais*/legs s'inscrit à la rime *b*, mais le huitain dessine aussi, dans le jeu des termes faisant écho à *Villon*, l'image paradoxale d'un testateur très généreux, toujours en vie, mais aussi décharné — « sec et noir comme un écouvillon » — qu'irrémédiablement délesté de ses biens. Panne de l'inspiration, du *billon*, d'une manne poétique qui s'est un peu trop épuisée dans les fusées des legs, dans la généreuse dispersion des prouesses langagières.

Ébauche du *Testament*[1], le *Lais* en dispose ainsi l'architecture de base, reprise aux testaments réels, tout en façonnant l'image très retorse de l'amant martyr, qui masque un

1. Voir Giuseppe Di Stefano, « Du *Lais* au *Testament* », *Cahiers de l'Association internationale des études françaises*, vol. XXXII, 1980, p. 39-50.

départ forcé des artifices de la rhétorique courtoise, et du généreux testateur qui ridiculise et attaque avec une rare férocité des légataires qui n'en peuvent mais.

## DU *LAIS* AU *TESTAMENT*

Les vers 753-757 du *Testament* :

> Si me souvient, à mon avis,
> Que je fis à mon partemaît
> Certains lais, l'an cinquante six,
> Qu'aucuns, sans mon consentement,
> Voulurent nommer Testament

1. Voir Michel Zink, « *Lais* et *Testament* : Villon et son consentement », dans *L'Hostellerie de pensée, op. cit.*, p. 499-505.

2. Voir Daniel Poirion, *Littérature française. Le Moyen Âge*, vol. II, 1300-1480, Arthaud, 1971, p. 227-228.

se font sans doute l'écho du succès obtenu par le *Lais* auprès de son premier public. Ils soulignent aussi, pour prévenir peut-être contre l'impression de ressassement[1], les liens qui unissent le *Lais* et le *Testament*. Comme l'a depuis longtemps observé Daniel Poirion[2], le *Testament* est à plus d'un titre le développement, l'« amplification », pour reprendre un terme de la technique poétique médiévale, des huitains du *Lais*. Et déjà au sens le plus banal du mot amplification : le *Lais* a 320 vers, le *Testament* en compte 2 024. On retrouve aussi, d'un texte à l'autre, la présentation rituelle du testateur. Toutefois, sûr peut-être de la connivence d'un public désormais habitué à son ton, Villon ne juge pas nécessaire de décliner au seuil du texte un nom qui n'apparaît en clair qu'au vers 1811. À partir du vers 841 enfin, les huitains sont pour l'essentiel consacrés, comme dans le *Lais,* à la longue, très longue série des legs, introduits là encore par l'obsédante répétition des *Item.* La fiction proposée, cependant, n'est plus celle du « partement », mais de la mort d'un homme qui, après avoir nommé son exécuteur testamentaire (huitain CLXIII), détaille l'ordonnance de ses obsèques (huitains CLXXVI-CLXXXV) et rédige son épitaphe (v. 1892-1903).

Comme pour mieux inviter son lecteur à revenir au texte du *Lais* et peut-être à comparer les deux œuvres, le poète fait retour sur certains legs, pour les compléter, pour en aggraver ou en déplacer la violence et l'obscénité, et s'acharner sur d'anciennes victimes. Ainsi, dans les huitains LXV à LXX, du retour sur « celle que jadis servoie » (v. 673) et du ressassement sur les illusions de l'amour ; ainsi des nouvelles attaques contre « le Bâtard de la Barre » (huitain LXXVI), contre ceux qui peut-être n'auraient pas reçu les premiers legs et qui ont eu, désormais, « jusqu'au lit où je gis » (huitain LXXVII) ; ainsi encore, plus avant dans le texte, du nouveau legs accordé à maître Guillaume de Villon (huitain LXXX-VII) ou du legs en forme de « lai » envoyé à maître Ythier Marchant, déjà gratifié dans le *Lais* du *brant* du poète[1]. Comme le remarque Eric Hicks, les « huitains "testamentaires" du *Testament* revêtent donc un double statut textuel : texte autonome, texte parasité[2] ». Le *Lais,* d'autre part, a largement familiarisé le lecteur avec le goût prononcé de Villon pour l'humour noir, l'obscénité, les jeux de

1. Voir aussi les renvois des huitains XCIV-XCV, XCVII, CXXVII-CXXVIII à *Lais,* XI, XII, XXV-XXVI.

2. Voir « Comptes d'auteur et plaintes contre X : de l'identité poétique du bien renommé Villon », dans *Mélanges Roger Dragonetti,* Champion, 1996, p. 265-280.

double ou de triple sens sur la nature des dons et les allusions perfides aux mœurs de leurs destinataires ; tous éléments qui se retrouvent abondamment dans le *Testament* et qui, une fois satisfaite la curiosité qu'excitent les énigmes qu'ils proposent, peuvent paraître à tort ou à raison comme la partie caduque de l'œuvre.

Les changements de tonalité comme de technique poétique sont pourtant manifestes. À l'œuvre plutôt homogène qu'est le *Lais* succède un texte dans lequel on peut distinguer trois strates, qui d'ailleurs interfèrent. Les vers 1 à 728 (ou 792 ?) une longue méditation d'où la fiction testamentaire proprement dite est absente, disent les remords, la confession et les regrets du poète, mais aussi sa haine toujours vivace pour l'évêque Thibaut d'Aussigny, son geôlier de Meung-sur-Loire, son angoisse bien actuelle face à la pauvreté, à la fuite du temps, à la vieillesse et à la mort, ou sa vision tristement désabusée de l'amour et des femmes. La partie « testament », qui a bien du mal à s'installer, commence vraiment au vers 792. Se déploie, du vers 833 au vers 1843 (plus de mille vers), la série des legs que prolongent l'énoncé des dispositions concernant l'exécution du testament et les obsèques et celui de l'épitaphe.

Ce découpage un peu simpliste ne tient pas compte des deux ballades finales : comment classer sous la rubrique « testament » la plongée définitive du « je » dans la satire, dans la haine, dans l'autodérision, criant merci à la foule hétéroclite (v. 1968-1983) que convoque l'avant-dernière ballade, puis retrouvant, pour exhiber sa mort, la voix d'outre-tombe de l'amant martyr ? Brouille également les cartes l'insertion, au long du texte, de ballades et de rondeaux, qui font aussi du *Testament* un recueil, une anthologie poétique, elle-même fort disparate[1].

Ces poèmes — certains, composés avant le *Testament,* sont alors réutilisés par Villon[2] — ont au reste des statuts différents. Certaines pièces ne semblent destinées qu'à manifester l'habileté technique de leur auteur, comme la *Ballade des langues ennuyeuses* ou la *Ballade des femmes de Paris.* D'autres, comme les trois ballades sur le thème de l'« *Ubi sunt ?* », la « leçon » de la belle Hëaumière aux filles de joie, la *Double ballade* (sur l'amour) ou, à la fin du texte, la *Ballade de bonne doctrine,* universalisent les méditations du « je » sur la condition humaine. D'autres encore, dont le poète précise lui-même qu'il les donne, deviennent autant de legs poétiques, et les seuls legs « réels » du *Testament.* Ainsi, entre autres exemples, de la *Ballade pour prier Notre Dame,* de la *Ballade à s'amie,* du *Lai* et de la « bergeronnette » (huitain CLXVI), de la *Ballade de la grosse Margot,* de la *Ballade et oraison* (pour maître Jean Cotart), des *Contredits de Franc Gontier* ou de la *Ballade pour Robert d'Estouteville.*

1. Sur cette dimension du texte, voir Sylvia Huot, « From Life to Art : The Lyric Anthology of Villon's *Testament* », dans *The Ladder of High Designs...,* éd. par D. Fenoaltea et D. Lee Rubin, University Press of Virginia, 1991, p. 26-40.

2. Ont été au moins réutilisés la *Ballade à s'amie* et le *Lai* (voir J. Dufournet, *Rech. I,* p. 71-129 et 271-274).

# DISSONANCES

Il y aurait quelque naïveté à attendre d'un écrivain du Moyen Âge une rigueur dans la composition et une unité de ton qui n'ont été atteintes et exigées que bien plus tard dans l'histoire de notre littérature. Un genre poétique fort en vogue au Moyen Âge est d'ailleurs le « descort », poème systématiquement fondé sur la discordance thématique et formelle de chaque strophe. L'extrême désinvolture avec laquelle Villon passe des regrets et de la plainte élégiaque à la satire la plus grossière, enchaîne à la *Ballade pour prier Notre Dame* la haineuse *Ballade à s'amie*, reste cependant déconcertante dans sa concertation même. On comprend que tant de critiques se soient interrogés sur la composition du *Testament,* aient essayé d'en retracer la genèse et d'y trouver un minimum de cohérence.

L'une des démonstrations les plus engagées dans cette voie a été celle d'Italo Siciliano[1].

1. Voir le chapitre « L'unité », *op. cit.,* p. 445-457.

Selon Italo Siciliano, le *Testament,* qui est le « journal » ou plutôt les « Mémoires poétiques de Villon », aurait été commencé avant la sortie du poète de la prison de Meung, donc avant octobre 1461, et il y aurait réutilisé des ballades et des fragments déjà écrits. Ce serait le cas par exemple de la *Ballade pour Robert d'Estouteville,* composée selon Siciliano avant la disgrâce du prévôt de Paris (en septembre 1461), de la *Ballade et oraison* (pour maître Jean Cotart), qui aurait été écrite en janvier 1461 (date de la mort de ce procureur du tribunal ecclésiastique dont Villon a fait un ivrogne invétéré), ou encore de la *Ballade de la grosse Margot.*

Distinguant d'autre part deux parties dans le *Testament,* une première partie fondée sur le thème des « regrets » et une seconde partie qui serait le testament proprement dit et commencerait au vers 729 ou au vers 792, Italo Siciliano a également voulu démontrer que ces deux parties avaient été composées à des époques différentes de la vie du poète, et que l'ordre actuel de disposition inversait l'ordre réel de composition. La partie testamentaire, où domine le ton satirique, aurait été écrite avant la partie « regrets » où résonnent plus intensément la misère physique et morale du poète, sa peur devant la mort. Cette thèse, qui tente en fait de lier itinéraire spirituel et création poétique, a été critiquée en détail par Jean Dufournet, qui associe plus justement les différences de tons à la diversité des desseins que poursuit Villon dans cette œuvre.

---

Selon Jean Dufournet (*Rech. I*, p. 57), « rien ne permet de conclure que le *Testament* contient des contradictions telles qu'il soit nécessaire de déduire que les différentes parties de l'œuvre ont été composées à des moments fort éloignés et en des lieux divers, et que la seconde moitié est chronologiquement antérieure à la première. Rien ne nous empêche de soutenir que le chef-d'œuvre de Villon a été écrit en gros entre deux prisons, celle de Meung et celle de Paris [et] que la plupart des ballades datent de la même époque ».

---

Il n'est guère donné aux historiens de la littérature médiévale de suivre sur les manuscrits la genèse d'une œuvre. Tout au plus peuvent-ils parfois discerner, d'un copiste à un autre, un devenir du texte, qui échappe de toute manière à son premier auteur. Le détail de la genèse du *Testament* reste et restera sans doute une énigme. Mais l'essentiel n'est-il pas que Villon ait choisi de revenir d'abord sur son passé, de dire ses « regrets », dans lesquels le lecteur croit recueillir les fragments d'une confession, avant de faire son « testament » ? Un testament où se déploient très librement et très violemment la satire, l'autodestruction du « je » poétique et de sa création, tous procédés qui semblent tout autant la marque personnelle du poète que l'épanchement lyrique. Au fil du texte d'ailleurs, l'imbrication des tons et des thèmes est de règle. Que l'on relise en ce sens les huitains X, XI et XII. Le huitain X, qui met ironiquement en scène un testateur plus faible de biens que de santé — qu'a-t-il donc à léguer ? — et qui émet quelques réserves sur ses facultés mentales, est une parodie plaisante des formules d'ouverture des testaments. Le huitain XI, comme l'ont fait au reste les premiers huitains du *Testament,* crée des effets de réel destinés à cautionner la parole testamentaire, mais impossibles à vérifier : la date d'écriture, en l'an (14)61, l'intervention de Louis, « le bon roi de France » (v. 56), chaudement remercié semble-t-il — mais nous ne savons rien des motifs et des circonstances exactes de la « dure prison de Meun » (v. 83), ni de la libération de Villon. Quant au huitain XII, introduit par la formule « Or est vrai », que J. Rychner identifie comme une formule juridique signifiant le passage de l'annonce du testament au testament proprement dit[1], il

1. Voir « Or est vray », dans *Du Saint-Alexis à François Villon,* Genève, Droz, 1985, p. 381-391.

nous plonge brutalement dans un autre univers. Renvoyant à l'expérience acquise par le « je » sous l'effet du « travail », des épreuves endurées, à la crise existentielle qu'elle a ou aurait provoquée, ces vers préludent à une confession dont la sincérité semble se mesurer à l'aune des excuses que s'invente le testateur.

Cette confession/regret s'entrelace d'ailleurs, à partir du huitain XVII et de l'« exemple » de Diomède et d'Alexandre, à des méditations d'une portée beaucoup plus générale sur « l'état divers » des compagnons d'autrefois (v. 240), puis sur l'omniprésence et la toute-puissance de la mort. Trois huitains donc qui, dans leur disparate, semblent de justes témoins d'un projet poétique qui mêle, sans privilégier l'une ou l'autre dimension, la parodie, l'effet de réel et le lyrisme personnel. Il est indéniable que c'est la tonalité lyrique, au sens moderne du mot, de la partie « regrets » ou de certaines ballades, qui retient plus spontanément l'attention des lecteurs, sinon des critiques, dans la mesure où elle correspond davantage à l'image du « pauvre Villon » qui s'est installée — pourquoi ? — dans notre conscience littéraire et notre sensibilité. Mais chez Rabelais, Villon est bien plus un brillant émule de Panurge, un farceur habile à inventer des plaisanteries de très mauvais goût, que la triste silhouette vêtue de noir qui hante par exemple la *Nuit de décembre* de Musset.

# BRISURES

La discordance des tons et l'entrelacs des thèmes sont au reste indissociables des effets de rupture, élément majeur de la rhétorique de Villon. En principe, et il est facile de le vérifier dans les huitains consacrés aux legs, le huitain villonien forme une unité grammaticale liée à une unité de sens, même si le sujet abordé peut bien souvent occuper plusieurs huitains. Il est cependant quelques cas où la frontière est franchie[1]. Les huitains VII, VIII et IX du *Testament* forment un ensemble lourdement consacré à célébrer le bienfaiteur, le roi Louis. De même, l'« exemple » de Diomède et d'Alexandre se déroule sans solution de continuité sur les huitains XVII à XX, auxquels il faut ajouter le huitain XXI qui rabat l'« exemple » sur le cas Villon :

1. Liste des exceptions dans Rychner-Henry, *Com. II*, p. 276.

> Se Dieu m'eût donné rencontrer
> Un autre piteux Alixandre...
>
> (v. 161-162).

Un autre type de débordement, plus complexe, est la reprise enchaînée : comme dans les laisses des chansons de geste, le second huitain rebondit sur un vers, une formule du précédent. Les huitains XXXVI et XXXVII du *Testament* sont ainsi enchaînés par la reprise, au vers 289, « Qu'avoir été seigneur... », des vers 286-288 :

> Mieuz vaut vivre sous gros bureau,
> Pauvre, qu'avoir été seigneur
> Et pourrir sous riche tombeau !

Lorsqu'on lit le huitain LXXXVII, il faut intégrer la parenthèse des vers 853-856, avant de découvrir au huitain LXXXVIII les dons burlesques, la bibliothèque inexistante et le « Roman », sans doute imaginaire, du « Pet au Diable », faits au « plus que père ». Ce procédé de la parenthèse à effet de retard et/ou de supplément très retors d'information se retrouve dans les vers 928-933 du huitain XCII, où se dit l'ironie cinglante du poète pour la « chère rose » et qui annonce, autant que les grossièretés du huitain XCIII, le caractère vengeur de la ballade[1].

1. Voir aussi les huitains LXVII-LXVIII.

L'exemple le plus connu de ces brisures du rythme, de ces cassures du sens se lit au seuil du *Testament*. Prononcé au vers 6, le nom maudit de l'évêque Thibaut d'Aussigny suffit à couper net le « souffle » du poète, et s'engouffrent dans la brèche ouverte par l'anacoluthe les huitains II à VI qui stigmatisent la cruauté et peut-être l'homosexualité du geôlier[2] et qui multiplient sur le mode antiphrastique les prières... pour sa damnation[3]. Effet de brisure qui se retrouve de manière significative au vers 737, lors d'une autre résurgence du nom de l'évêque, cruellement déformé cette fois en *Tacque Thibaut*[4], mais qui se produit aussi, et dans un autre registre, au début du *Lais* (vers 8). Impossible de démêler ce qui fut à l'origine de la trouvaille initiale du *Testament* : l'horreur vivace de l'homme Villon, submergé par un souvenir atroce, ou l'habileté du poète à (re)produire syntaxiquement cette sensation ou l'indécidable mélange des deux. Reste que cette brisure, spontanée et/ou concertée,

2. Sur le v. 12, *Je ne suis son serf ne sa biche*, voir J. Dufournet, *Nouv. Rech.*, p. 17-28.

3. Sur ces huitains, voir T. Hunt, *Villon's Last Will*, Clarendon Press, Oxford, 1996, p. 34-45.

4. Sur la déformation en *Tacque Thibaut*, nom d'un favori du duc de Berry, voir J. Dufournet, *Rech. I*, p. 169-170.

est pour beaucoup dans le caractère d'authenticité que dispense cette parole qui semble transcrite à vif.

Du *Lais* au *Testament* pourtant, la mise en scène s'est quelque peu modifiée. Le « je » qui laisse et disperse ses biens dans le *Lais* se représente à la fin de ce poème comme l'auteur d'une mise en écrit qu'arrête net le manque d'encre et de lumière. Dans le *Testament* le « je » est continûment une parole au présent, qui dit, interroge, interpelle, et c'est « au clerc Fremin l'étourdis » qu'est confiée dans les huitains LVII et LXXIX la tâche d'enregistrer les « dits » du poète et de les faire ensuite connaître. On a toutes raisons de douter de l'« existence » de ce clerc, qui fait bien entendu partie de la fiction testamentaire. Mais cette mise en scène au réalisme appuyé (v. 785-792) étaie la fiction d'une parole transcrite telle qu'elle a été/est proférée, dans l'ébranlement de l'émotion, du souvenir, de la force compulsive des passions, dans la ligne savamment brisée de ses avancées, de ses reculades, face à l'horreur de la mort.

Jean de Meun, en qui l'on a pu voir l'un des maîtres à penser de Villon[1], a pratiqué avec une rare constance la technique de la digression. Dans cet immense « dit » qu'est la seconde partie du *Roman de la Rose,* un mot, repris à la volée, suffit souvent à orienter pensée et discours sur une autre voie. Spontanément, ou par imitation, ou par « innutrition », Villon utilise lui aussi très souvent le procédé de l'enchaînement par contiguïté. La manifestation la plus évidente en est l'enfilade des

1. Voir D. Kuhn, *La poétique de François Villon, op. cit.,* p. 343-399 notamment, et Dossier, p. 147.

huitains/legs introduits par la formule rituelle *Item.* Dans le *Lais* comme dans le *Testament,* rien, semble-t-il, ne peut en arrêter le défilement, sinon la capacité du poète, sa verve, une verve qu'il avoue tarie à la fin du *Lais,* à inventer de nouvelles « bourdes ». Mais on comprend aussi l'intérêt d'introduire, dans une structure aussi lâche, les formes fermées que sont les ballades et les rondeaux. Les unes et les autres tout à la fois « fixent » un thème donné, en formulent la clôture, par le biais du refrain notamment :

> Prince, n'enquerrez de semaine [...]
> Qu'à ce refrain ne vous remaine :
> Mais où sont les neiges d'antan ?

tandis que l'envoi, le nom du destinataire projettent le poème dans un ailleurs, dans un hors-texte qui échappe aussi bien à l'effet de liste qu'à l'effet de clôture. Le procédé atteint son apogée dans les deux ballades finales. La *Ballade de merci* met un terme au déroulement, que l'on pouvait croire inépuisable, des huitains consacrés aux obsèques, mais en réitérant sur le mode burlesque un effet de liste que vient brutalement interrompre la cassure entre le refrain et le premier vers de la troisième strophe, entre le « Je crie à toutes gens mercis » et l'exception lourde de menaces : « Sinon aux traîtres chiens mâtins », etc. ; cassure que confirme la forme insolite de l'envoi[1]. Pour l'ultime ballade, la clôture est liée à l'effet de voix *off* qu'elle produit, à la résonance finale de cette parole

1. On notera, au seuil de l'envoi, l'absence de dédicace au « prince » ou à ses substituts possibles.

43

« externée », qui détache définitivement le texte de la voix qui l'énonçait et lui donne son statut de « tombeau ».

De manière moins systématique, la digression peut se faire relance du discours à partir d'un mot, d'un vers. Au vers 688 du *Testament*, l'expression *en m'abusant* (pour m'abuser) lance les deux strophes qui entassent les « bourdes » dans la tradition des fatrasies, la déconstruction du sens mimant la progressive destruction de l'amant. Au vers 225, l'interrogation « où sont les gracieux galants ? » introduit ce qui sera au reste qualifié d'« incident » (v. 257), de digression, par le poète lui-même : la longue méditation sur la diversité des conditions sociales, qui débouche à son tour sur la satire des « grands maîtres ». Au vers 312, la nomination, huit vers retardés, du sujet thématique et syntaxique du huitain, *Mort,* entraîne, en une autre danse macabre du langage, l'évocation des affres de l'agonie et du passage dans le néant que reprennent et amplifient les trois ballades[1].

1. Pour une approche linguistique du texte de Villon, voir Rika Van Deyck, « Exploitation syntaxique et pragmatique de la coordination par François Villon », *Le Moyen Français*, n° 24-25, p. 71-92, et « François Villon ou la virtuosité verbale », *ibid.*, n° 34, p. 205-213.

Cette apparente liberté du fil du discours, si surveillée qu'elle ait pu être, compte pour beaucoup dans l'impression qu'a là encore le lecteur d'un discours qui s'énonce devant lui, avec lui, et qui, même dans ses formulations les plus apprêtées, les ballades par exemple, conserve/invente les traces de l'improvisation. On peut lire et ressentir les vers qui ouvrent le *Testament* non comme le passage obligé de ce type de discours par la confession des péchés suivie d'un acte de contrition, mais comme les bouffées de remords, de regrets, de démêlés du moi avec lui-même et avec le monde qui submergent la conscience et la parole du poète et le poussent à plusieurs reprises, comme s'il n'était pas encore prêt, à retarder la mise en route de l'acte testamentaire, l'adoption d'une parole ritualisée, codée, qu'il lui faudra autrement déconstruire. Traces constantes de dialogisme, et d'abord du « je » avec lui-même, que l'on retrouve à tous les niveaux de ce montage poétique d'une parole authentique.

## III    UNE PAROLE PLURIELLE

L'une des règles d'écriture d'un vrai testament est la présence en continu de la voix du « je » qui dicte les différents articles. Parmi les nombreuses infractions au code testamentaire que commet Villon, on relèvera la rupture quasi systématique de cette règle. Bien présent, le « je » Villon ne cesse pour autant de se dédoubler, de dialoguer, avec lui-même ou avec d'autres, voire de s'effacer devant d'autres discours ou d'autres énonciateurs.

Le phénomène s'observe dès le *Lais*. Le « je »
qui distribue ses biens est différent, on l'a
vu, du « je » qui remâche sa déconvenue
amoureuse et plus encore du « je » mettant
à distance et signant dans le dernier huitain
le texte produit. Apparaît également dans
les huitains II à VIII le dédoublement, ici
parodique, du « je » et de son « cœur ».
Depuis les troubadours du XII$^e$ siècle, la
rhétorique courtoise ne cesse de cultiver
avec émerveillement ce paradoxe : comment l'amant peut-il survivre après avoir
donné à la dame aimée un cœur qu'elle
garde en sa « prison » ? Aussi bien est-ce
encore l'argument du *Livre du cuer d'amours
espris,* récit allégorique en prose et en vers
composé en 1457 par un contemporain de
Villon, le roi René d'Anjou, et qui narrati-
vise le paradoxe sous la forme de la quête
entreprise par le chevalier *Cœur*, aidé de
son écuyer *Désir,* pour retrouver sa dame,
*Merci.* Dans le *Lais,* Villon parodie ce
thème rebattu. Le texte dit l'abandon (le
legs) à la dame sans merci du cœur
enchâssé, mort et transi (v. 77-78), bref
inutilisable, un abandon qui laisse au corps
toute liberté de tenter ailleurs sa chance (à
Angers, selon le vers 43) et de survivre.
Amant martyr sans doute que Villon, mais
resté au nombre des amoureux sain(t)s, des
saints avec auréole ou de ceux qui ont sai-
nement sauvé leur peau (v. 46-48).

Le vers 43 « Adieu ! Je m'en vais à Angers » fait écho à ce que dit Guy Tabarie dans son interrogatoire d'un possible voyage de Villon à Angers, après le vol du collège de Navarre. Mais, comme l'a rappelé P. Guiraud, le verbe *engier* signifie « étreindre une femme ». Il faudrait donc voir plutôt, ou aussi, dans ce vers une équivoque grivoise... Villon au reste, comme d'autres avant et après lui, use et abuse de ce procédé. Ainsi, comme l'a signalé J. Dufournet (*Rech. I*, p. 86-89), il faut sans doute voir un jeu de mots dans le nom de Catherine de Vaucelles (*Test.*, v. 661), *vaucel* (vallon) désignant aussi dans la langue érotique les « petites vallées du corps féminin ». On peut aussi citer, mais les exemples sont très nombreux, le vers 925 du *Testament* qui précise à propos de Michaut « le bon Fouterre » : « À Saint-Satur gît, sous Sancerre », avec un jeu de mots sur Saint-Satur, nom d'une commune, et *satur*, interprétable au sens de « rassasié, saturé par les plaisirs de la chair ».

C'est dans la forme, bien attestée à cette époque, de la ballade dialoguée[1] que le poète reprend plus longuement le dialogue du « je » et de son cœur, thème de la ballade traditionnellement intitulée *Débat du cœur et du corps de Villon*, que l'édition Rychner-Henry a choisi d'intituler plutôt *Débat de Villon et de son cœur*, et qui, selon J. Dufournet, aurait été écrite durant la captivité à Meung-sur-Loire (été 1461), « à l'intention de Thibaut d'Aussigny pour l'inciter à l'indulgence[2] ».

On notera l'abandon, en ce cas, de la structure tripartite caractéristique de la ballade et qui inviterait peut-être à une résolution de la tension entre le « je » et le « cœur ». Se succèdent ici quatre strophes au « carré », composées de dix décasyllabes qui martèlent le

1. On relève déjà 29 ballades dialoguées dans l'œuvre d'Eustache Deschamps, qui semble l'inventeur de cette variante de la ballade.

2. Voir *Rech. I*, p. 142-146, et G. A. Brunelli, *François Villon. Commenti et contributi*, Peloritana Editrice, Messine, 1975, p. 91-111.

rythme 4/6, l'envoi de sept vers retrouvant cependant l'« impair », la suspension du sens. Le nombre de vers (26 sur 47) qui sont eux-mêmes le lieu d'un « débat », d'un échange de répliques entre le « je » et le « cœur » renforce encore cet effet de lutte menée pied à pied et dont l'issue reste incertaine.

L'enjeu cette fois est de taille. Dans l'échange tendu entre le poète et le cœur qui est, selon Jean Frappier, « à la fois le blâme intérieur de la conscience et le reproche collectif de tous les mentors, affectueux et importuns, de Villon[1] », se joue le drame intérieur d'un homme d'abord désinvolte sinon révolté, comme le souligne dans le refrain l'opposition entre la parole du cœur — « Plus ne t'en dis » — et la réponse du « je » — « Et je m'en passerai » —, Villon invoquant dans la strophe 4, bien avant Verlaine, la fatalité « saturnienne » qui pèse sur lui :

1. *Romania*, t. 75, 1954, p. 263-265.

> Quand Saturne me fit mon fardelet,
> Ces maux y mit, je le croi
>
> (v. 32-33)

puis s'ouvrant peut-être, dans les vers de l'envoi, et malgré l'ironique retour obligé du refrain, aux objurgations du cœur[2].

Le mode du dialogue-débat parcourt également le *Testament,* mais de manière plus diffuse. Le huitain XXXVI s'articule ainsi sur le débat entre l'homme Villon, se lamentant sur sa pauvreté, et le *Cœur* qui lui cite (ironiquement) l'exemple du très riche argentier de Charles VII, « Jacques Cœur » le bien nommé — le jeu de mots est bien entendu concerté —, pour lui rappeler la pré-

2. Voir Giovanna Angeli, « *Fortuna adversa,* Saturne et Villon », dans *Mélanges R. Dragonetti, op. cit.*, p. 21-32.

carité de la puissance et des biens de fortune face à la mort. Exemple peu convaincant puisque la mort, répond le « je » au huitain XXXIX, « saisit » indifféremment pauvres et riches.

# DIALOGUES

D'une manière plus générale, le poète du *Testament* recourt avec fréquence au procédé du dédoublement-débat. Le « je » formule des questions, se reprend, puis propose la réponse qui corrige, nuance, désamorce ou au contraire alourdit le débat. On renverra ainsi, sans prétention à l'exhaustivité, aux questions-réponses que sont les vers 418, 609, 936, 1354-1356, 1930, 1942, vers qui miment par leur rythme même les feintes et ironiques hésitations du « je ». Ce procédé qui, malgré son caractère très rhétorique, est pour beaucoup dans l'effet de spontanéité de la parole villonienne, participe en fait à ce grand jeu dialogique qui anime tout le *Testament*. Comme s'il ne pouvait seul mener le débat, le « je » s'ingénie à susciter d'imaginaires interlocuteurs qui, dans leur indéfinition même, peuvent se confondre avec tout lecteur potentiel. Invités — mais ils seront vite réduits à quia par ce redoutable débatteur qu'est Villon —, à porter la contradiction, ils permettent en fait au poète de rebondir et de conforter ses choix. Ainsi des vers qui s'ouvrent sur la formule « Et qui me voudroit » (v. 571), « Qui me diroit » (v. 809), « Je prends qu'aucun die ceci »

(v. 585), « Et s'aucun m'interroge ou tente »
(v. 725) ou encore du huitain CXLIII, qui
introduit précisément *Les Contredits de Franc
Gontier*, et qui annonce le débat, par ballade
interposée, entre le « je » (« Or en discute »,
v. 1472) et le poème prétexte de Philippe de
Vitry[1].

1. Voir Dossier,
p. 159-160.

Le dialogue qui s'engage entre le « je » et
les autres atteint également la figure figée du
« prince », arbitre des concours poétiques, et
destinataire traditionnel des ballades. On
peut suivre d'un envoi à l'autre quelques-
unes des métamorphoses de ce « prince »,
d'abord directement pris à partie (tout
comme nous, lecteurs) au seuil de la *Ballade
des dames du temps jadis* (« Dites-moi où, n'en
quel pays »), et, comme il est de règle, dans
l'envoi (v. 329 et 353), mais qui doit, le cas
échéant, céder la place aux « filles » de la belle
Hëaumière (v. 557), à la « digne Vierge »
(v. 903), au « Prince Jesus qui sur tous a maî-
trie » (dans l'envoi de la *Ballade des pendus*), à
la « princesse » Ambroise de Loré, femme de
Robert d'Estouteville (v. 1402), qui n'est
plus convoqué, en revanche, dans les ballades les plus provocantes comme la *Ballade
de la grosse Margot* et la *Ballade de merci*. Provocation qui s'exprime aussi dans les derniers vers de la *Ballade finale*, qui « envoient »
au juge de concours poétiques raffinés, au
noble « prince, gent comme émerillon »
(v. 2020), les dernières et très grossières
paroles d'un « mort » toujours ivre de vin et
de vie.

Le « prince amoureux, des amants le graigneur » à qui Villon « envoie » la *Ballade à s'amie*, en lui rappelant que « tout franc cuer doit, par Notre Seigneur,/ Sans empirer, un pauvre secourir » (v. 966-969), pourrait être soit Charles d'Orléans, soit le roi René d'Anjou. Quoi qu'il en soit, Villon a voulu particulariser ici la figure impersonnelle du « prince » des concours poétiques, tout en glissant habilement de la thématique amoureuse à la requête d'argent.

Face à l'horreur de la mort, l'ultime interlocuteur n'est-il pas au reste le corps de la femme, lui aussi condamné, sauf impossible miracle ?

> Corps féminin, qui tant es tendre,
> Poli, souef, si précieux,
> Te faudra-t-il ces maux attendre ?
> Oui, ou tout vif aller ès cieux
> <div align="right">(<i>Test.</i>, v. 325-328).</div>

Dans leurs multiples nuances, dans leur rapidité (un octosyllabe suffit bien souvent au jeu de la question-réponse), ces fragments de dialogue brisent la monotonie des énoncés assertifs ou performatifs. Ils obligent le lecteur/auditeur à entrer plus avant dans le jeu du poète. Ils soulignent aussi la précarité voulue d'un discours qui ne file jamais droit, qui semble prêt à se rompre, à se reprendre, à se moduler autrement, bref, qui mime au plus juste et les hésitations de la « parole parlée » et les élans, les résistances, les repentirs et les sursauts du sujet parlant[1].

1. Un exemple particulièrement travaillé est le huitain CXXXVII.

Faut-il aller plus loin et voir, dans la présence constante d'une certaine théâtralité, dans ce sens aiguisé de la mise en scène et du dialogue qui marque la poésie de Villon et dans les nombreuses allusions qu'il fait aux formes théâtrales et aux acteurs de son temps, les échos d'une véritable pratique du théâtre ? La thèse proposée par J. Deroy dans *Francois Villon, coquillard et auteur dramatique* (Paris, Nizet, 1977), qui attribue entre autres la paternité de la farce de *Pathelin* au poète, n'a guère convaincu. Mais on trouvera dans l'étude de Jelle Koopmans, « Villon et le théâtre » (dans *Villon hier et aujourd'hui, op. cit.*, p. 107-119), de pertinentes observations sur les rencontres possibles entre la personne, le texte de Villon, la survie légendaire du poète comme « farceur », et les productions théâtrales contemporaines ou postérieures.

## « LE DIT DU SAGE » (*Test.*, v. 209)

Trouant plus délibérément encore la fiction testamentaire, le « je » cède souvent la place à d'autres voix. La plus commune — le Moyen Âge en a usé et abusé — est la voix des proverbes et des expressions proverbiales, voix d'une sagesse partagée et mesurée, souvent placée sous le signe de Salomon[1]. Suivant là aussi les recommandations des arts poétiques médiévaux, Villon a tendance à utiliser proverbes ou formules à allure proverbiale pour boucler un développement, en certifier la « vérité », ou encore synthétiser le thème d'une ballade. Ainsi du refrain proverbial de la *Ballade en vieil langage françois*, « Autant en emporte ly vens » (v. 392) ou de l'expression en forme de proverbe qui

1. Au Moyen Âge, on attribue en effet au roi Salomon la paternité du Livre des Proverbes et de l'Ecclésiaste.

1. Voir le huitain
CXVI du *Testa-
ment,* qui fait écho
au huitain XXXII
du *Lais.*

2. *Os* est la leçon
retenue par l'éd.
Rychner-Henry
pour le v. 1650,
l'éd. Dufournet
gardant la leçon du
manuscrit *C* : *aulx,*
« sauce à l'ail ».

rythme la *Double ballade* sur l'amour, « Bien heureux est qui rien n'y a ! » (v. 632). Mais quel crédit faut-il faire à ces expressions de la médiocrité satisfaite lorsqu'on en saisit ailleurs l'intention vengeresse ? « A menue gent, menue monnoie », conclut sur le mode proverbial le huitain CLIII. Est-ce à dire que le « je » prend à son compte la répartition qu'il propose, son *oie* aux moines mendiants, pourtant abondamment nourris[1], aux pauvres, les *os*, la carcasse, voire son propre squelette[2] ? Énumérant une longue et très hétérogène liste de trente et un proverbes, patentés ou non, et scandée par le retour du refrain proverbial « Tant crie-l'on Noël qu'il vient », la *Ballade des proverbes*, dont tous les vers (sauf le premier de l'envoi, dédié au « prince »), commencent par *Tant*, est sans doute un exercice de style de haut vol. Elle annonce les effets de liste et la dextérité des Grands Rhétoriqueurs. La *Ballade des menus propos*, fondée sur la répétition en début de vers de *Je connois*, renouvelle brillamment l'exercice. Mais le refrain énigmatique de cette ballade, « Je connois tout, fors que moi-mêmes », ne vient-il pas remettre en question les « vérités » qu'assènent les autres vers ? Et l'accablante liste de formules toutes faites que dévide la *Ballade des proverbes* ne peut-elle être perçue comme la mise en évidence très critique des platitudes sur lesquelles une civilisation fonde ses valeurs et ses repères ?

Semblable ambiguïté se décèle dans le recours que fait Villon aux voix autorisées des textes sacrés, de la tradition antique, ou de cette autorité « moderne » qu'est alors devenu le *Roman de la Rose* de Jean de Meun. Souvent introduites par la formule « *comme dit* », ou « *ce dit* », ces voix servent d'exemple, de caution ou d'argument à décharge (plus ou moins ironique) à la parole du « je ». Résonnent ainsi dans le texte du *Testament* la voix de l'Évangile (v. 100), la voix du « noble *Romant de la Rose* » (v. 113-114), le « dit » de Salomon (v. 209), ou le « dit » désespéré de Job (v. 218). Mais comme l'ont depuis long-temps signalé les commentateurs de Villon[1], ces références ne sont, la plupart du temps, que citations tronquées, d'attribution fausse, abusivement détachées de leur contexte, déviées de leur sens premier. La « citation » de Jean de Meun par exemple ne se lit pas au début de son *Roman de la Rose,* mais de son *Testament,* et Villon passe sous silence les vers qui suivent et qui prônent la supériorité d'un cœur déjà sage dans sa jeunesse[2].

Villon en ce domaine ne procède pas autrement que la majorité des écrivains du Moyen Âge, rompus à l'art de trafiquer les textes. Mais est-ce un hasard si les grandes « leçons » du *Testament* échappent précisé-ment aux voix autorisées et émanent de la bouche des compagnons d'infortune du poète ? Sous-jacente à la parole de Dio-mède, le pirate qui se justifie de sa mauvaise conduite par l'excès de pauvreté, est encore présente sans doute la caution (au reste erronée) de Valère Maxime[3]. Par la suite, c'est le « je » qui tente de consoler le pauvre vieillard acculé au suicide (v. 424 et suiv.),

1. Voir plus ré-cemment T. Hunt, *Villon 's Last Will, op. cit.*, chap. I, « Writing and the Fragmentation of Authority ».

2. Voir Rychner-Henry, *Com. II,* note aux v. 113-118.

3. Voir les v. 159-160, mais l'exemple de Diomède, d'ail-leurs bien connu au Moyen Âge, n'ap-paraît pas dans les *Faits et dits mémo-rables* de l'auteur latin Valère Maxime.

horrible image du sort qui le guette. C'est le « je » qui couvre de son autorité, puis recueille avec soin (v. 563-568) — telle est la fiction proposée —, les propos de la belle Hëaumière et ses « regrets », eux-mêmes suivis de la « leçon » qu'elle délivre aux filles de joie. Et si la leçon est explicitement dédiée, dans l'envoi, aux « filles » (v. 557), elle est bientôt récupérée par le poète pour être le point de départ d'une longue méditation de son cru sur l'amour et les faiblesses (excusables ?) de la nature féminine (huitains LVIII-LXIV).

## ENVOIS ET LEÇONS

La délégation de parole, concédée à des voix qui reprennent les thèmes majeurs du *Testament* (la malédiction de la pauvreté, l'horreur devant la perte de la jeunesse et la mort), s'efface dans la suite du texte, liée sans doute au changement de posture du poète. Elle ne passe plus que par le biais des ballades effectivement données/envoyées à leurs destinataires pour qu'ils les fassent leurs, qu'ils s'approprient le « je » lyrique, dont le nom cependant peut parfois se tisser en acrostiche au texte du poème[1]. Ainsi de la prière « donnée » à la mère (v. 865), de la ballade « envoyée » à l'amie (v. 934), de la ballade « donnée » à Robert d'Estouteville (v. 1370) ou encore de celle qui doit être « lue » — elle ne saurait le faire elle-même —, à la grosse Margot (huitain CL).

1. Voir aussi les envois de la *Ballade de bon conseil* et du *Débat* et, dans la *Ballade à s'amie*, le double acrostiche *Françoys-Marthe*.

On lit ainsi VILLON ou, comme l'a fait remarquer K. Uitti (« A Note on Villon's Poetics », *Romance Philology*, vol. XXX, n° 1, 1976, p. 187-192), et à condition de prendre en compte le vers refrain, la forme curieusement féminisée VILLONE, dans l'envoi de la *Ballade pour prier Notre Dame* :

> **V**ous portâtes, digne Vierge, princesse,
> **I**ésus régnant qui n'a ne fin ne cesse.
> **L**e Tout-Puissant, prenant notre faiblesse,
> **L**aissa les cieux et nous vint secourir,
> **O**ffrit à mort sa très clère jeunesse ;
> **N**otre Seigneur tel est, tel le confesse :
> **E**n cette foi je veuil vivre et mourir.

Le « je » qui revient sur son passé, qui tente un bilan, s'efface lui aussi peu à peu devant un « je » testateur qui, de son présent de moribond, organise sa mort, dispose à sa guise de l'avenir de ses légataires, convoquant parfois, dans son omniscience, leur passé, le passé qu'il leur a construit dans le *Lais*[1], et qui se présente à son tour comme voix autorisée : « Qui meurt, a ses lois de tout dire » (*Test.*, v. 728). Aux leçons dispensées par les autres succèdent celles que délivre le poète. Le « je » ose médire de l'amour avec un A majuscule (v. 728), discuter (v. 1472), par ballade interposée, le discours officiel sur les plaisirs de la vie rustique. L'envoi de la *Ballade des contredits* convoque encore le « prince » pour concilier les deux thèses : « Prince, juge, pour tôt nous accorder » (v. 1503). Mais le « moi » insiste aussitôt sur le bien-fondé d'un choix garanti par la « tradition orale » et dont il est dépositaire :

1. Voir par exemple les renvois au passé / au *Lais* dans les huitains CXXVII-CXXX et CXXXI-CXXXIV du *Testament*.

Quant est de moi, mais qu'à nul ne déplaise,
Petit enfant j'ai oï recorder :
Il n'est tresor que de vivre à son aise

(v. 1504-1506).

Peu après le « prince » n'a plus qu'à entériner le jugement du poète, accordant le « pris » du beau parler aux « dames parisiennes » (v. 1539-1542), et dans l'envoi de la *Ballade finale*, il lui faut s'incliner devant le dernier geste du mourant (v. 2020-2024). Qui plus est, dans ses dernières prises de parole, le « je » adopte la posture et la voix du « maître » pour adresser une ultime leçon à ces « compains de galle » (de plaisir, v. 1720), ces « beaux enfants » (v. 1668) que l'imminence de la mort l'autorise à considérer comme ses disciples.

## JEUX DE CLERCS

Dans le huitain XII du *Testament,* Villon valorise l'école de la vie et l'expérience du malheur par rapport au savoir livresque, présenté dans ces vers comme l'accumulation de gloses, les commentaires d'Averroès sur Aristote étant alors l'un des piliers de l'enseignement dispensé par la Sorbonne. Du *Lais* au *Testament,* les passages sont en effet nombreux qui tendent à ridiculiser le savoir de l'école. Les huitains XXXVI-XXXVIII du *Lais,* truffés des termes savants dont se gorgeait le jargon de la scolastique et que Villon s'amuse ici à « délatiniser », en sont un exemple savoureux, évoquant avant l'heure l'écolier limousin de Rabelais. Que le lecteur s'amuse à son tour, s'il veut entendre le latin parlé d'un sorbonnard du XVᵉ siècle, à substituer la terminaison *-ivus* ou *-iva* à la finale de tous les termes en *-if* ou en *-ive* que collectionne ici le poète. Le *Testament* offre également un répertoire plutôt nourri de jeux de mots en latin, souvent grivois ou carrément obscènes, qui ont dû faire les délices de générations d'écoliers. Ainsi du fameux « Donat », manuel élémentaire de grammaire, qui autorise un jeu de mots « classique » (« il donne ») sur l'art (ici le refus) de donner des « trois pauvres orphelins » (huitains CXXVII et CXXVIII) ; ainsi, dans le même huitain CXXVIII, de l'équivoque sur *Ave salus, tibi decus*, vers dans lequel, selon Jean Dufournet[1], « Villon rend hommage à la Vierge, qui a contribué au salut du genre humain, mais aussi et surtout au salut pièce d'or, qui apporte l'honneur (*decus* en latin), attire l'argent (*d'écus*) et procure le plaisir charnel (*des culs*) ». Ainsi encore du jeu de mots tout aussi rebattu du vers 1292 sur « le grant Credo », expression qui désigne à la fois la prière chrétienne et un crédit à long terme.

Le franco-latin peut tout aussi plaisamment servir à remercier les clients généreux de la grosse Margot : « S'ils payent bien, je leur dis que "bien stat" (que ça va, v. 1598). Quant à l'usage plus compassé que Villon fait du latin dans l'*Épître à Marie d'Orléans* et dans la *Double ballade* qui lui est liée, en citant et glosant tour à tour Virgile, des passages de la Bible et des textes médio-latins, il

1. Voir Villon, *Poésies*, GF-Flammarion, p. 434.

58

1. Sur cette pra-
tique très ancienne,
voir Paul Zumthor,
*Langue et techniques
poétiques à l'époque
romane (XIᵉ-XIIIᵉ siè-
cle)*, Klincksieck,
1963, p. 90 et suiv.
Villon utilise aussi
l'anglais, *brulare bi-
got* (v. 1585) étant
une déformation de
jurons anglais, *by
our Lord, by God*. Au
v. 1614, *gogo* peut
être soit le verbe
anglais *to go*, soit
une onomatopée.

2. Voir les v. 48 et
742-744.

3. Voir Dossier,
p. 148.

renvoie à la pratique bien attestée au Moyen Âge de la « farciture[1] », de la mise en contact de langues diverses ; une pratique qui se retrouve aussi dans le *Testament* et qui, dans deux passages au moins, sert à atténuer (en fait à souligner) la violence des malédictions proférées contre Thibaut d'Aussigny[2].

Dans ce savoir livresque, les réminiscences bibliques et évangéliques ainsi que des connaissances philosophiques et morales en grande partie fondées sur la pensée d'Aristote (telle que l'a connue et interprétée le Moyen Âge) et sur les écrits du philosophe latin Boèce[3] tiennent une large place. Mais ce savoir ne dépasse guère le niveau moyen de connaissances d'un licencié ès arts de la seconde moitié du XVᵉ siècle. Le plus souvent utilisé à des fins plaisantes, invoqué de manière biaisée à titre d'alibi ou d'excuse, il ne saurait pourtant rivaliser avec le pouvoir de la parole que délivre le « je », fort de son expérience. L'une des leçons les plus importantes peut-être de l'œuvre de Villon — et le choix répété du *Lais* au *Testament* de la forme testamentaire, d'un acte où le langage se veut pleinement performatif, est alors significatif —, est qu'écrire, c'est restituer (ou du moins en donner l'impression) une parole dans sa plénitude :

> En écrivant cette parole,
> A peu que le cœur ne me fent
> (*Test.*, v. 207-208).

Dicter, transcrire dans l'instant, recueillir la parole, la sienne, celle des autres, l'inscrire parfois, mais d'un trait le plus léger possible (*Test.*, CLXXVII), est ainsi le geste essentiel d'une poétique qui se gausse des pesanteurs de la rhétorique et du savoir livresque, qui refuse l'embaumement du texte (sa vraie mise au tombeau), et qui se représente à plaisir dans l'acte même de la dispersion généreuse de la parole.

# IV LE POÈTE ET SA VILLE

Vouée à célébrer l'amour, la poésie lyrique médiévale ne retient du monde naturel que quelques éléments codés, le renouveau printanier, le chant des oiseaux, le verger clos, et ignore l'univers urbain. À partir du XIIIᵉ siècle cependant, la ville, ses habitants, ses problèmes du quotidien ou de toujours pénètrent en littérature par le biais des fabliaux, du théâtre profane, surtout arrageois, ou dans ces textes souvent très liés à l'événement que sont les dits. La taverne, ses joueurs de dés, grands buveurs de (bon) vin, ses prostituées habiles sont au XIIIᵉ siècle un passage obligé et sans doute très attendu de la scène théâtrale, que l'on retrouve aussi dans les plus célèbres poèmes de Rutebeuf, la *Griesche* (le jeu de dés) *d'hiver*, la *Griesche d'été*, le *Dit des ribauds de grève*. Plus proche de Villon, Eustache Deschamps a écrit plu-

1. Voir Jean Frappier, « Paris dans la poésie de François Villon », dans *Du Moyen Âge à la Renaissance*, Genève, Droz, 1982, p. 179-195, et Jean Favier, *François Villon*, Fayard, 1982.

sieurs ballades sur les bas-fonds du monde parisien. Aucun poète du Moyen Âge pourtant, comme l'a souligné Jean Frappier, n'a été autant que Villon en « prise directe » avec Paris[1].

## « TOUS LES OISEAUX D'ICI EN BABYLOINE » (*Test.*, v. 1495)

L'évocation horrifique, dans *Les Contredits de Franc Gontier* (*Test.*, v. 1473-1506), des plaisirs très rustiques qui réjouissent Franc Gontier et sa « compagne Hélène » peut n'être qu'une charge plaisante, dirigée moins contre les paysans que contre l'idéologie sociale et politique que véhicule au Moyen Âge et pour longtemps encore la poésie pastorale. Mais le retour nostalgique, si fréquent dans le *Testament*, sur les plaisirs très variés, les spectacles, les occasions de bons tours[2] qu'offre le milieu urbain — même si la plupart restent interdits au « pauvre Villon » et aux pauvres en général qui « pain ne voient qu'aux fenêtres » (*Test.*, v. 236) —, renvoie sans ambiguïté à un idéal du bonheur, ou mieux de l'*aise*, que seule la ville peut procurer : maison bien close, bien chaude, chambre bien « nattée », « couche molle » (*Test.*, v. 204), nourriture abondante et raffinée, préludant à la satisfaction des sens ; et mettre le nez dehors, c'est assister ou se joindre au défilé, haut en couleur, d'une foule bigarrée et de la jeunesse plus ou moins dorée, plus ou moins encanaillée, qu'évoque

2. Le « Roman du Pet au Diable » (*Test.*, v. 858), roman sans doute imaginaire, ferait ainsi allusion à un canular commis par des étudiants en 1451-1453, les déplacements successifs d'une grosse pierre d'abord située dans l'île de la Cité, et devenue l'enjeu d'affrontements entre étudiants et policiers (Rychner-Henry, *Com. I*, p. 128).

Villon aussi bien dans la *Ballade de merci* (*Test.*, v. 1968-1983) que dans les deux premières strophes de l'*Épître à mes amis.*

Pourtant, alors que le *Lais* a été visiblement composé à Paris, plus précisément peut-être à l'intérieur du cloître Saint-Benoît, si proche de la Sorbonne, Villon, comme l'a montré Jean Frappier[1], a été fort peu présent à Paris entre 1455 et 1463, quinze à dix-huit mois tout au plus, dont un certain nombre de jours ou de semaines passés dans la prison du Châtelet[2]. Et les villes ou les régions qui sont mentionnées au cours du *Testament,* lorsqu'elles ne sont pas simple prétexte à plaisanterie, semblent plutôt liées au souvenir d'expériences douloureuses, comme la prison de Meung-sur-Loire, ou, plus énigmatique, le misérable voyage en Roussillon qu'évoque la *Ballade finale*[3]. C'est donc, à la différence du *Lais*, un lieu désirable, mais hors d'atteinte que recrée le *Testament.*

1. Jean Frappier, *op. cit.*, p. 183-184.

2. Séjour dont l'écho poétique est la ballade titrée *Question au clerc du guichet,* où résonne le soulagement du « condamné » qui a eu chaud...

3. *Test.*, v. 2007-2011, à moins qu'il ne faille supposer un jeu de mots grivois sur « roux sillon ».

## LE PARIS DE VILLON

Il n'est guère possible de faire ici l'inventaire exhaustif des lieux cités. On évoquera plutôt les correspondances qui se tissent entre ces lieux et les principaux thèmes de l'œuvre : l'image du poète en étudiant, en *écolier* un peu attardé, et évoquant avec nostalgie sa vie de bohème ; la satire d'un milieu parisien très composite ; la fiction testamentaire et son cortège obligé de dons charitables et de méditation sur la mort et l'au-delà. Rien d'étonnant donc à ce que soient tour à tour cités la paroisse de la mère et ses fresques très manichéennes — « Paradis peint où sont harpes et luths,/ Et un enfer où damnés sont boullus » (*Test.*, v. 896-897) — ; des hospices et hôpitaux parisiens comme l'Hôtel-Dieu (*Test.*, v. 1644), les Quinze-Vingts, « qu'autant vaudroit nommer Trois Cents » (*Test.*, v. 1729), ou encore l'asile des Enfants trouvés (*Test.*, v. 1660) ; des couvents de moines mendiants et de nonnes, objets de plaisanteries aussi faciles que traditionnelles sur leurs mœurs relâchées[1] comme sur le vif intérêt que ces ordres portaient aux testaments et aux legs de leurs ouailles ; des lieux funéraires comme le cimetière des Saints-Innocents (*Test.*, v. 1734-1767), ou encore la chapelle du couvent de Sainte-Avoie (*Test.*, v. 1868).

1. Voir le huitain CXLVI, où Villon « joint » au mont de Montmartre, lieu d'une abbaye de femmes, le mont Valérien avec sans doute un jeu de mots sur ne « valent rien » (Rychner-Henry, *Com. I*, p. 216-217) et l'allusion du huitain CXV à l'abbesse de Pourras.

Le cimetière des Saints-Innocents, le plus grand de Paris, s'étendait sur l'espace aujourd'hui délimité par les rues Berger, Saint-Denis et de la Ferronnerie. Clos sur ordre de Philippe Auguste (en 1186), il fut entouré au XIVe siècle de galeries voûtées, surmontées de charniers, où s'entassaient les ossements retirés des fosses communes. Sur l'une des tombes situées dans les galeries avait été peinte en 1424 une célèbre danse macabre. Le cimetière, qui était un lieu de promenade très fréquenté, fut fermé en 1780. Quant à la chapelle du couvent de Sainte-Avoie, une sainte capable de remettre les « fourvoyés » dans le droit chemin..., elle était située en étage et l'on ne pouvait donc y enterrer. D'où l'astuce des vers 1874-1875 du *Testament*.

Dans le *Lais* comme dans le *Testament* sont également abondamment cités les lieux de plaisirs et de rendez-vous galants ou non que sont les tavernes, les bordels, les places publiques, les parvis des églises, les marchés, les cimetières. Mais le lecteur se retrouve parfois à la (très proche) « périphérie », aux « barrières » de Paris, dira-t-on plus tard, dans des endroits mal famés, déserts, en ruine, et où la nuit favorise mauvais coups et règlements de comptes[1].

1. Voir par exemple les études de J. Dufournet sur le huitain XVIII du *Lais* et le huitain CXXXVI du *Test.* (*Nouv. Rech.*, p. 173-189) et sur les huitains XCV-XCVI du *Test.* (*ibid.*, p. 51-63).

## « EN CE BORDEAU OÙ TENONS NOTRE ÉTAT » (*Test.*, v. 1600)

La plupart des lieux cités le sont bien souvent pour les plaisanteries et jeux de mots qu'ils permettent. Une réserve quasi inépuisable est celle des noms de tavernes, pris isolément ou accouplés de manière grivoise ou amusante[2]. Et Villon n'avait pas encore à sa disposition les riches possibilités qu'offre en la matière la liste des stations du métro parisien... Il est plaisant de donner à un amateur de « bon lopin » (bon morceau), l'équivoque *Abeuvroir Popin* et le moins équivoque encore « trou de *la Pomme de Pin* » (*Lais*, XX), d'avoir songé à donner à « un jeune prêtre/ Qui est nommé Thomas Tricot » le *Trou Perrette*, à condition qu'il ait su « jouer en un tripot » (*Test.*, CLXXXIV), ou encore de se refuser à donner l'identité de deux dames « demeurant à Saint-Génerou,/ Près Saint-Julien-de-Voventes,/ Marche de Bretagne à

2. Voir notamment *Lais*, huitain XII et *Test.*, huitain XCVII, et J. Dufournet, *Nouv. Rech.*, p. 77-88.

Poitou » *(Test., CIV)*, bien qu'on ait eu l'occasion ( ?) de se réfugier dans leur giron généreux et d'y apprendre à parler « un peu poitevin » *(Test., v. 1060)*. Nous dirions : à savoir noyer le poisson[1]...

Villon n'est pas l'inventeur de ces astuces sur les noms propres — certaines constituent déjà à cette date une sorte de fonds commun qu'exploitera abondamment Rabelais —, ni de l'art du calembour, grivois ou non. La nouveauté est la manière dont les lieux retenus et les jeux de langage auxquels ils se prêtent dessinent un monde chaotique, disloqué, vidé de sa dimension réaliste, pour ne plus être qu'un répertoire de signes, où s'affichent en priorité le sexe et la quête du plaisir, la « taverne » et les « filles » mais que minent la pauvreté, les infirmités de toutes sortes et la présence de la mort.

Un poste d'observation privilégié est alors le « bordeau », au double sens médiéval de « bordel » et de « maison basse, misérable », où le poète qui se représente en souteneur « tient son état », s'installe et trône, en compagnie de la grosse Margot ; un lieu qui, de reprise en reprise du refrain de la ballade, de son « nous » qui renvoie autant au couple qui fornique allégrement qu'à « nous », lecteurs complices, semble bien devenir miroir véridique du monde villonien. Dans ce monde se côtoient pêle-mêle, dans la vie comme dans la tombe, les nantis, les clercs ou les bourgeois qui ont réussi, cibles de la satire, les puissants, comme Robert d'Estouteville, trop soigneusement encensés, ou les grotesques imbus d'eux-mêmes ou de vin,

1. On songe à la chanson V de Guillaume IX d'Aquitaine, comte de Poitiers, où le troubadour fait le muet pour profiter amplement des faveurs de deux dames. Villon, lui, parle poitevin, pour mieux celer ses amours.

comme le chancelant « maître Jean Cotart »
(*Test.*, v. 1230-1265), les moines et nonnes,
« Célestins [et] Chartreux », (*Test.*, v. 238),
« Turlupins [et] Turlupines » (*Test.*, v. 1161),
trop portés sur les plaisirs de la chair et de la
bonne chère. La place la plus importante est
cependant réservée aux marginaux ou aux
laissés-pour-compte de la société, vrais mendiants, aveugles, infirmes, vieillards et petites
vieilles, domestiques, enfants « perdus », et à
tous ceux et toutes celles qui, en peu de
temps, rejoindront leurs rangs : marchandes
d'amour « tôt allumées, tôt éteintes » (*Test.*,
v. 530), « fillettes montrant tétins/ Pour avoir
plus largement hôtes » (*Test.*, v. 1976-1977),
saltimbanques, théâtreux, fous, folles, sots et
sottes de la *Ballade de merci* ou de l'*Épître à
mes amis*, ou encore les tricheurs et malfai-
teurs en tous genres qu'énumère longuement
la *Ballade de bonne doctrine à ceux de mauvaise
vie* (*Test.*, v. 1692-1718). Comme les lieux
cités, le public parisien qui défile sur la scène
du *Testament* alimente la méditation de Villon sur un monde soumis aux caprices de
Fortune, avide de la puissance très menacée
que confèrent un temps l'argent, la beauté, la
jeunesse, pris au piège de l'agitation désor-
donnée de la Fête des fous, des folies du Carnaval, réduit à oublier — telle est la « leçon »
de la *Ballade de bonne doctrine* —, dans les
tavernes et auprès des filles la misère, la fuite
du temps et l'omniprésence de la mort.

---

Dans son article sur « La fonction poétique des noms
propres dans le *Testament* de François Villon »,
(*Cahiers de l'Association des études françaises*, n° 32,

1980, p. 51-68), Nancy Freeman Regalado montre comment ces noms propres se répartissent en deux groupes : ceux qui, surtout présents dans les ballades, « signifient encore quelque chose pour tout lecteur cultivé » et ceux, surtout cités dans la seconde partie du texte, « dont la signification référentielle nous échappe en grande partie » (*ibid.*, p. 53) et qui nécessitent éclaircissements et gloses érudites. Mais elle montre aussi comment les deux séries sont « complémentaires » : « Les personnes vivantes portent des noms oblitérés par le temps et la mort : ils représentent l'oubli. » Mais les deux groupes, « les noms mémorables et les noms oubliés, se combinent non seulement pour exprimer la thématique centrale du temps et de la mort, mais aussi pour réaliser une des fonctions poétiques suprêmes, celle de nommer, celle d'inscrire un nom dans la mémoire du monde » (*ibid.*, p. 63).

Que le poète du *Testament* évoque très longuement le cimetière des Saints-Innocents n'a rien de surprenant. Qu'il en fasse le lieu où la mort jette pêle-mêle (v. 1757) pauvres et riches, puissants et pauvres bougres, maîtres et clercs, gras et décharnés, où il devient donc impossible, même en chaussant de grandes lunettes, de mettre à part « les gens de bien des déshonnêtes » (v. 1735), donne une juste et ultime vision du Paris de Villon, de cet immense bordel où la société se mire et se meurt dans tous ses états.

# « IL N'EST BON BEC QUE DE PARIS »
(*Test.*, v. 1522)

Comme le rappelle avec dextérité la *Ballade des femmes de Paris* — l'enjeu n'était-il pas d'enclore en ce « lieu poétique » que sont les trois strophes d'une ballade autant de « lieux » réels que possible (*Test.*, v. 1536) ? —, « il n'est bon bec que de Paris ». Être parisien, un privilège que Villon se reconnaît avec humour et dans le huitain CIII du *Testament* et dans un quatrain que l'on a dit écrit dans l'attente de la pendaison[1] :

> Je suis François, dont il me poise,
> Né de Paris emprés Pontoise,
> Et de la corde d'une toise
> Saura mon col que mon cul poise

donnerait-il alors une compétence langagière particulière ? Jean Frappier a relevé des traces, discrètes il est vrai, de la prononciation parisienne dans quelques rimes du *Testament*[2]. Plus significative est la fréquence dans le poème des scènes, ou mieux des croquis de la vie parisienne (ou du moins citadine...). Que l'on songe par exemple aux petites vieilles « assises bas, à croupetons » (*Test.*, v. 527) auprès d'un pauvre feu, aux bourgeoises à la langue bien pendue discutant « assises/ Sur le bas du pli de leurs robes/ En ces moutiers, en ces églises » (*Test.*, v. 1543-1545), aux allées et venues empressées ou aux violentes colères et débauches du souteneur de la grosse Margot, « scène de

1. Sur ce quatrain, voir J. Dufournet, *Nouv. Rech.*, p. 239-248.

2. Voir dans Jean Frappier, art. cit. *supra*, p. 61, la mention des rimes *Robert/ Lombart, Auvergne/ Charlemaigne* (*Test.*, v. 750-751 et 382-384).

genre » haute en couleur et en bruits divers, ou encore aux retours nocturnes et zigzagants de Cotart, « Meilleur pïon, pour boire tôt ou tard » (*Test.*, v. 1259). À évoquer ces scènes parisiennes, que l'on pourrait dire réalistes si elles n'avaient tendance à faire un choix trop orienté dans le réel, on pourrait s'interroger sur la teneur du quatrain cité et sur le rapprochement plutôt insolite qu'il fait entre Paris et Pontoise. On sait combien le français d'Île-de-France est très tôt apparu aux hommes du Moyen Âge comme la langue littéraire et poétique par excellence.

---

À la fin du XIIe siècle, le trouvère Conon de Béthune se plaint, lui qui n'a pas été nourri à Pontoise, que la reine se soit moquée de sa rude parlure picarde :

1. « La reine ne s'est pas montrée courtoise. »

2. « Son fils ».

3. Chanson III, strophe II de l'éd. A. Wallensköld (Champion, 1921) des *Chansons* de Conon de Béthune.

> La Roïne n'a pas fait que courtoise[1]
> Ki me reprist, ele et ses fieus[2], li Rois.
> Encor ne soit ma parole franchoise,
> Si la puet on bien entendre en franchois ;
> Ne chil ne sont bien apris ne cortois,
> S'il m'ont repris, se j'ai dis mos d'Artois,
> Car je ne fui pas norris a Pontoise[3].

En s'affirmant de Paris et non de Pontoise, Villon ne prétend-il pas à son tour définir son ton, son lieu poétique, qui s'éloigne aussi bien de l'esthétique surannée de la tradition courtoise que des jeux trop rustiques de la tradition pastorale, ridiculisés dans *Les Contredits de Franc Gontier* ? La poétique parisienne de Villon se dessinerait en ce cas à l'image de sa ville, des rencontres disparates, des descriptions fragmentées qu'elle suscite : séries de tableaux insolites et fugitifs dont le tracé sec, à la mine (à l'instar des bois gravés qui illustrent les premières éditions imprimées des œuvres du poète), démode le foisonnement multicolore des miniatures médiévales. À défaut des tavernes, souvent interdites d'accès, ce sont leurs enseignes qui battent dans les vers du *Lais*, puis du *Testament,* comme autant d'épures, de simulacres d'un réel impossible à saisir et à léguer. Elles cernent de leurs découpes nettes une poésie qui ne conserverait du monde qui l'entoure, de son auteur, de ses dits, qu'une silhouette décharnée, qu'une langue dénudée, enfin débarrassée des lois de la pesanteur, rhétorique ou autre[1].

Faut-il également lier au paysage parisien de la fin du XV⁰ siècle cette poésie qui privilégie le froid, le crépusculaire, les maigres feux, qui dit l'aspiration à l'enfermement nocturne dans la chambre bien protégée, pour mieux rêver de la tombe élevée en plein ciel, dans la chaude lumière d'un grenier (*Test.*, v. 1884) ? Le *Lais* s'ouvre sur l'évocation d'un froid terrifiant :

1. Sur ce dénudement recherché de l'expression poétique, voir R. Dragonetti, « Lorsque "l'escollier Françoys" teste et proteste », dans *La musique et les lettres, op. cit.*, spécialement p. 401-407.

> Sur le Noël, morte saison,
> Que les loups se vivent de vent
> Et qu'on se tient en sa maison,
> Pour le frimas, près du tison[2]

2. Sur ces vers, voir Philippe Ménard, « Tradition littéraire et folklore chez Villon (*Lais*, v. 10-11) », dans *Mélanges Jules Horrent*, éd. J.-M. d'Heur et N. Cherubini, Liège, 1980, p. 309-315.

qui correspond, gageons-le, à une réalité vécue, même si au moment où le compose Villon, les « années terribles » appartiennent déjà au passé. Il s'achève sur l'image d'un poète toujours cerné par le froid et l'obscurité et qui n'a d'autre choix que de s'endormir « tout emmouflé » (v. 311). Pourtant, dans le *Testament,* le froid, et déjà celui de l'eau absorbée dans la prison de Meung, paraît moins vif, moins paralysant. Les flambées de la haine, les brûlures de la soif, les feux mal éteints du désir, les flammes mêmes de l'enfer (*Test.*, LXXXI-LXXXIII) sont autant de fusées de lumière et de chaleur dans cet univers d'où le poète s'absente, nu et vidant son verre « dans un éclat de rire ».

V  # « QUI MEURT, A SES LOIS DE TOUT DIRE » (*Test.*, v. 728)

Le *Lais* et une bonne partie du *Testament* peuvent se lire comme une sorte de revue de chansonnier qui mêlerait rosseries et plaisanteries grivoises ou carrément osées en prenant comme têtes de Turc des personnages plus ou moins connus du milieu parisien. En ce domaine, Villon a au moins un prédécesseur illustre. Dans le *Jeu de la Feuillée,* composé en 1275, Adam de la Halle donne la parole à des bourgeois d'Arras qui ont la dent dure pour leurs concitoyens. Sur la roue de Fortune qu'il représente en scène sont exposés d'autres habitants de la ville sur lesquels fusent commentaires apitoyés ou grinçants. Mais cette satire, dirigée dans l'un et l'autre cas contre des individus en particulier, contre des cibles bien éphémères, se prolonge dans le *Testament* par une réflexion critique d'ensemble, qui est à bien des égards mise en question, voire déconstruction des fondements mêmes de la morale médiévale.

## L'« INDUSTRIE DES LEGS »

Qu'elle s'attaque à des individus ou au monde comme il va, la satire dans le *Lais* et le *Testament* a comme support privilégié les legs que distribue généreusement le testateur et leurs destinataires. Dans sa préface à l'édition des *Œuvres* de Villon, Marot a indiqué pour l'essentiel les problèmes que posent les huitains plus spécialement consacrés à ce qu'il a appelé l'« industrie des legs », les jeux pleins d'ingéniosité auxquels s'est livré le poète : « Quant à l'industrie des legs qu'il fait en ses testaments, pour suffisamment la connaître et entendre, il faudrait avoir été de son temps à Paris, et avoir connu les lieux, les choses et les hommes dont il parle[1]. »

1. Voir Dossier, p. 180.

Les craintes de Marot étaient excessives. L'œuvre de Villon a résisté au temps. Reste que le lecteur naïf a parfois bien du mal à saisir le sens et le sel de tel ou tel legs, les tenants et les aboutissants des plaisanteries ou des attaques dirigées contre un personnage ou un autre. Toutefois, les recherches menées en ce domaine, les renseignements patiemment glanés et le subtil décryptage des différentes couches de sens que l'on peut dégager ont beaucoup diminué les « poches de résistance » du texte.

---

Selon J. Dufournet (*Rech. II*, p. 336), il faut en effet discerner dans le *Testament* proprement dit (c'est-à-dire dans la seconde partie du texte) « plusieurs couches de signification dont l'une, la plus évidente et la plus anodine, s'adresserait à des gens simples, bons et joviaux, comme l'était sans doute Guillaume de Villon ; la seconde, lourde souvent de plaisanteries érotiques, obscènes et scatologiques, aurait pour fonction essentielle de divertir ses compagnons d'études et de bordées ; la troisième, plus secrète et plus difficile d'accès, ou bien concernerait les malandrins et les mauvais garçons avec qui Villon a commis ses méfaits, ou bien contiendrait la pensée profonde du poète à l'égard de ses légataires, ou bien trahirait ses obsessions ».

---

Au lecteur donc de décider s'il veut jouer ou non le jeu de l'élucidation érudite, avec toutes les précautions qui s'imposent alors. En effet, comme l'a notamment rappelé Nancy Freeman Regalado, « le sens poétique du texte ne réside pas dans les faits historiques mais dans la signification des mots dans le *Testament*, et au risque de s'écarter des reconstructions historiques et biographiques, c'est la cohérence intérieure, poétique du texte qu'il faut chercher[1] ». Les recherches érudites nous ont du moins appris à lire Villon sur le mode du soupçon, à nous persuader qu'il faut, à chaque vers ou presque, chercher à débusquer le jeu de mots, lire à rebours, manipuler un lexique codé dans lequel il faut « entraver blanc pour

1. « La fonction poétique des noms propres », art. cit., p. 52.

73

1. Ballade en jargon, VI, v. 2.

bis[1] », où *jeune* signifie « vieux », *beau*, « laid », *net*, « souillé » ; tout en sachant que, parfois, ni l'ironie ni l'antiphrase ne sont plus de mise et qu'on doit aussi prendre le risque d'une lecture au premier degré. Devant la vieillesse, la pauvreté, la mort, l'ironie et la satire désarment : « Bourdes n'ont ici temps ne lieu » rappelle le vers 1646 du *Testament*. Sans doute y a-t-il des intentions vengeresses dans le legs à Ythier Marchant du rondeau *Mort, j'appelle de ta rigueur*. Cet homme, qui appartenait, comme le rappelle Jean Dufournet, à une « famille de hauts fonctionnaires et

2. *Rech. I*, p. 260.

de financiers[2] », est en effet une des cibles privilégiées du poète, du *Lais* (v. 81-88) aux vers 198-200 du *Testament*, s'il faut bien lire avec Lucien Foulet une anagramme d'Ythier

3. Voir L. Foulet, Champion, 1932, p. 158.

Marchant dans le vers 199[3]. Il se pourrait qu'il ait été l'heureux rival en amour de Villon[4], une piste que tracent, au vers 83 du

4. Selon G. Pinkernell (*Zeitschrift für romanische Philologie*, vol. XCI, 1975, p. 95-107, il s'agirait plutôt d'une allusion à une relation homosexuelle.

*Lais*, le très équivoque don du « brant d'acier tranchant » (qui peut être au choix épée, sexe masculin, excrément) et le huitain XCIV du *Testament*. Le *lai* (*Test.*, v. 978-989) que le testateur lui donne méchamment pour faire le deuil de ses amours, un « legs » dont la cruauté est encore accentuée par la musique suggérée, un *De profundis* (v. 970-977), n'en reste pas moins l'unique poème d'amour de Villon capable d'émouvoir un lecteur moderne. De même le rondeau *Au retour de dure prison* (v. 1784-1795) dans lequel, selon la critique, Villon souhaiterait la prison et la

5. Voir Rychner-Henry, *Com. I*, p. 248-249, et J. Dufournet, *Nouv. Rech.*, p. 149-171.

mort à Jacquet Cardon[5] et qui, composé avant le *Testament*, y a été ensuite inséré, se relie plus sûrement pour le lecteur moderne

1. Voir notamment J. Frappier, « Contribution au commentaire de Villon » dans *Mélanges Siciliano*, Florence, Olschki, 1966, t. I, p. 445-449.

2. Voir Mariantonia Liborio, « La Ballata dell'innominato », dans *Mélanges Dragonetti*, *op. cit.*, p. 315-328.

3. Voir *Nouv. Rech.*, p. 191-216, et *Ambiguïté et carnaval*, Champion, 1992, p. 175-190.

au thème ailleurs développé des rigueurs qu'exerce Fortune sur le poète. Inversement, on a longtemps lu[1] la *Ballade pour Robert d'Estouteville* (*Test.*, v. 1378-1405) comme une célébration un peu empesée (et intéressée) de l'amour conjugal et de sa nécessaire fécondité. Or, récemment, on a cru y déceler une discrète satire des mœurs du prévôt et une incitation à accomplir malgré tout le devoir conjugal[2]. Sans remettre en cause l'interprétation usuelle de cette ballade, Jean Dufournet propose pour sa part d'y lire aussi, à partir de la mention du laurier et de l'olivier, une évocation des « différents aspects de l'activité poétique de Villon et du rôle qu'elle joue dans sa vie[3] ».

# DESTINATAIRES

Les différentes interprétations qu'ils peuvent supporter ne sont pas, tant s'en faut, le seul obstacle à la compréhension des legs et des intentions exactes du testateur. Sauf exception, les éléments biographiques qui ont été réunis sur les personnages cités ne rendent en effet pas compte des raisons de leur présence dans l'œuvre ni de leur relation exacte à son auteur : furent-ils amis, rivaux, ennemis, compagnons d'études, de débauches, complices des mauvais coups, policiers hostiles, créanciers acharnés, rares bienfaiteurs, maîtresses infidèles et cruelles ? Faut-il accepter en bloc la thèse très systématique proposée naguère par Pierre Guiraud[4], qui

4. *Le Testament de Villon et le gai savoir de la Basoche*, *op. cit.*

voit dans le *Testament* « probablement une farce judiciaire », « l'œuvre de quelque clerc initié aux mystères de la Basoche » et, dans les légataires, des « hommes qui auraient tous été du temps de Villon impliqués dans des procès » ?

Autorisée en 1303 par Philippe le Bel, qui lui concéda des privilèges particuliers, la corporation de la Basoche regroupait les clercs du Palais. Son chef, élu, qui avait le titre de « roi », s'entourait d'une « cour » et faisait tous les ans la revue de ses sujets au Pré-aux-Clercs. La Basoche avait une juridiction autonome et s'administrait elle-même. À partir du début du xve siècle sans doute, les basochiens donnèrent également des représentations théâtrales (moralités, farces, soties) de ton souvent très libre. Ces représentations furent interdites par François Ier en 1540. La Basoche parisienne comptait trois « branches », la Basoche du Parlement, la plus importante, la Basoche du Châtelet, regroupant les clercs du Châtelet (le Grand Châtelet était le siège de la justice royale dans Paris, le Petit Châtelet servait de prison), la Basoche de la Chambre des comptes. Selon P. Guiraud (*op. cit.*, p. 97), « les milieux du Testament ce sont donc les trois basoches parisiennes. Et il semble que l'auteur ait appartenu à la troisième dans la mesure où ses "amis" et contemporains sont des clercs du Trésor ».

L'hypothèse sans doute est séduisante. Qu'il y ait ou non appartenu, ce pourrait fort bien être dans ce milieu de la Basoche que l'écolier, puis le clerc Villon a recueilli un ensemble déjà très traditionnel de jeux de mots, de plaisanteries mêlant librement satire, grossièreté, bouffonneries plus ou moins grasses. Il a pu aussi y trouver un public capable de décoder et d'apprécier attaques déclarées et allusions et sous-entendus plus ou moins cryptés. Pourtant, plusieurs victimes des facéties de Villon semblent d'abord choisies pour les calembours qu'autorisent leurs noms, comme Jehan le Cornu (*Lais*, v. 84) ou Saint-Amant (*Lais*, v. 89 ; *Test.*, v. 1007 et 1011-1013). D'autres font l'objet de plaisanteries tout aussi convenues. Au boucher Jehan Trouvé sont léguées dans le huitain XXII du *Lais* trois enseignes, le *Mouton* (forcément qualifié par antiphrase de *franc* et *tendre*), le *Bœuf couronné*, et la *Vache*. Au vers 1338 du *Testament*, Villon s'est plu à déformer méchamment le nom du riche bourgeois parisien Michel Culdoe (*Test.*, v. 1338) en *Michaut Cul d'Oue* (d'oie)[1]. Trop fréquemment cependant, seul le recours à des documents externes permet d'apprécier plaisanteries ou attaques. Maître Robert Vallée, cité au vers 97 du *Lais*, compagnon d'études de Villon, riche bourgeois parisien, procureur « en Parlement », n'était nullement un pauvre petit clerc. L'appellation « la petite Macée d'Orléans » (*Test.*, v. 1210-1211), un légataire en qui Gaston Paris voyait une prostituée qui aurait délesté Villon de sa ceinture, féminise de façon sans doute injurieuse le nom de maître Macé d'Orléans, qui fut lieutenant du bailli d'Issoudun. Nous savons maintenant que les « trois pauvres orphelins » cités dans les vers 201-202 du *Lais*, puis de nouveau épinglés dans les huitains CXXVII-CXXX du *Testament*, étaient en fait — ce qu'ignorait Théophile Gautier[2] — des vieillards rapaces, incultes, dont il était urgent de réformer

1. Sur les implications de ce type de déformation, voir J. Dufournet, *Ambiguïté et carnaval, op. cit.*, p. 58-59 et p. 106-107.

2. *Les Grotesques, Œuvres complètes*, t. III, Slatkine Reprints, 1978, p. 11-13.

les mœurs (huitain CXXX). De même, les « deux pauvres clercs, parlant latin,/ Humbles, bien chantant au letrin » que Villon nomme dans les vers 217-218 du *Lais* — il s'agit de maître Guillaume Cottin et de maître Thibaut de Vitry —, à qui il cède dans le huitain XXVII ses « titres », sa lettre de nomination de l'Université pour les sauver « d'adversité », et en faveur de qui il renouvelle et augmente ses dons dans les huitains CXXXI-CXXXIV du *Testament*, étaient tous deux de très riches conseillers au Parlement et chanoines de Notre-Dame. De surcroît, en 1461, ils étaient très âgés...

Mais comment savoir si leur réapparition dans le *Testament*, tout comme la réapparition, entre autres, d'Ythier Marchant, de Perrenet Marchant, dit le Bâtard de la Barre[1], de « celle » à qui Villon lègue son cœur au vers 18 du *Lais* et qui pourrait être l'énigmatique Catherine de Vaucelles citée au vers 661 du *Testament*, ou encore, dans un autre registre, la seconde mention de Guillaume de Villon, correspondent uniquement à une attente des premiers lecteurs (lecteurs dont il est fait mention au huitain LXXV du *Testament*), mis en appétit par les épigrammes méchantes du *Lais*, et à qui le poète se doit de montrer que sa verve n'est pas épuisée ? Ou faut-il y voir la volonté de stigmatiser, plus rarement d'honorer, des êtres qui ont pu jouer un rôle dans son existence et dans ses *bouillons*, sentimentaux ou autres ? Bref, au moment de la composition du *Lais*, le dessein, alors uniquement littéraire, fut-il de faire carrière dans l'art de la

1. Voir J. Dufournet, *Rech. I*, p. 274-284.

rosserie, de réinventer en somme, par le biais du huitain-legs, le genre antique de l'épigramme sinon de la satire, ou s'agissait-il déjà, aussi, de régler des comptes avec une certaine société ? En tout état de cause, la manière choisie par Villon tranche nettement sur celle des satiristes et moralistes du Moyen Âge qui, sauf exception (Adam de la Halle, au XIIIᵉ siècle, en est une), ne s'attaquent pas à des individus, mais déploient leurs critiques dans le cadre très général du passage en revue des différentes couches de la société et de leurs manquements aux devoirs et charges de leur « état ».

Du *Lais* au *Testament,* une évolution semble pourtant se dessiner. La veine satirique du *Lais* ne dépasse guère le cadre des plaisanteries un peu corsées d'étudiants et l'ouvrage était sans doute destiné, comme le pense Pierre Guiraud, à l'usage interne de ce milieu, voire à celui des clercs de la Basoche. Dans le *Testament,* le trait caricatural, l'âpreté du ton s'affirment. Comme l'a à plusieurs reprises signalé Jean Dufournet[1], s'accentue également la tendance à la déformation, à l'animalisation des personnages, signe de leur perversion morale. À partir du huitain XCV environ, la vision se fait de plus en plus brutale, au fur et à mesure que sont dénoncés les appétits et les goûts monstrueux des différents légataires. L'évocation d'un monde en pleine dégradation, tant matérielle que morale, dominé par la violence, le sadisme — on appréciera au huitain CXI le don de « gingembre sarrasinois à l'Orfèvre de bois[2] » —, la scatologie (voir par

1. Voir, entre autres, *Ambiguïté et carnaval, op. cit.,* p. 114-125.

2. Jean Mahé, dit *l'Orfèvre de bois,* sergent à verge du Châtelet, eut l'occasion d'assister le sergent chargé d'appliquer la question (Rychner-Henry, *Com. I,* p. 164).

exemple le huitain CXXII), les convoitises et les excès en tous genres, efface le sourire du lecteur et nuance fortement l'image lyrique du « pauvre Villon ». Pour mettre sur le gril ses victimes, pour faire rire un public sans doute complice, mais sans qu'on puisse s'empêcher de croire qu'il assouvit aussi sa rancœur, Villon, à ce stade du *Testament,* a bel et bien refermé son Taillevent[1] et préparé la recette fournie par Macaire, le cuisinier du diable (*Test.,* CXLI). À défaut de vitriol, il a plongé sa plume, il a fait frire sa langue dans les immondes mixtures qui explosent au fil de la *Ballade des langues ennuyeuses* (*Test.,* v. 1422-1456). Manière de l'accommoder, peut-on croire, à la saveur amère d'une haine personnelle trop longtemps remâchée[2].

1. Les vv. 1414-1415 font référence à un livre de cuisine du XIVᵉ siècle, *Le Viandier Taillevent.*

2. Voir, sur les huitains CXL et CXLI, J. Dufournet, *Rech. II,* p. 461-473.

## UN INVENTAIRE HÉTÉROCLITE

Dans le *Lais,* les dons du poète, distribués selon le principe simple de l'énumération, s'échelonnent du huitain IX au huitain XXXIV. À partir du huitain X, le don, introduit par l'adverbe latin *Item* (de même), cadre avec la strophe. Les débordements sur deux ou trois huitains, comme c'est le cas pour les huitains XIII-XIV, XIX-XX à la rigueur, XXVII-XXVIII et XXV-XXVI, dans lesquels la mise en retrait des vers 196-200 signale l'antiphrase, sont rares. La liste s'arrête sans préavis au huitain XXXV.

L'emploi d'*Item* (de même), est déjà courant, à l'époque de Villon, en tête des différents articles d'un document juridique et il est également employé par Jean Regnier ou par Pierre de Hauteville dans les listes de legs de leurs testaments poétiques. Il ne s'agit donc pas d'une trouvaille de Villon.

Une première série de dons, de contenu plutôt disparate, s'articule autour du cœur (mort), de l'argent (inexistant) du poète et de ses objets personnels, qui sont souvent inutilisables ou répugnants, mais aptes à fournir des plaisanteries tantôt obscènes comme le « brant », les braies, tantôt teintées d'amertume. Ainsi peut-être, au huitain XXVII, de la « résignation » (de la renonciation) et de la « nomination » du poète, c'est-à-dire des titres universitaires qui pouvaient lui faire obtenir un bénéfice ecclésiastique qu'il n'a jamais eu[1].

1. Voir Jean Favier, *François Villon, op. cit.*, p. 151-154.

Une autre série de dons relève d'un type de comique bien connu : les plaisanteries faciles des étudiants de tous les temps sur des enseignes de taverne ou de maison aux noms éloquents, associées aux noms de ceux que l'on veut ridiculiser : le *Cheval Blanc* (impuissant), légué avec la *Mule* et l'*Âne rayé*, qui bien entendu « recule », au bien mal nommé Saint-Amant (huitain XII) ; le *Hëaume*, légué à un « chevalier »... mais du guet (huitain XIX) ; le *Mouton*, donné à un boucher, etc. À côté de ces legs « personnalisés », d'autres visent plus largement les cibles favorites des écrits satiriques du Moyen Âge et au-delà. Villon s'attaque, mais il n'est ni le premier ni le dernier, aux moines mendiants

(v. 249) et à leurs correspondants féminins, les « Filles-Dieu » et les « Béguines » ; des cibles qu'il visera de nouveau dans les huitains CXVI-CXVII du *Testament*. Les uns et les autres reçoivent des nourritures molles, qui ne feront qu'alimenter leur gourmandise bien connue (l'un des sept péchés capitaux) et les entraîner de la table aux jeux du lit. Plus inattendus — mais ce type de plaisanterie grinçante, si peu conforme à nos modernes bienséances, revient dans le huitain CLIII du *Testament* —, les legs aux malades et indigents du huitain XXX unissent à un cynisme (de façade ?) une description à l'eau-forte des miséreux de tous les temps :

> [...] maigres, velus et morfondus,
> Chausses courtes, robe rognée,
> Gelés, murdris et enfondus.

Peut-être est-ce au reste l'une des grandes habiletés de Villon que d'occulter le caractère traditionnel de ses plaisanteries, de ses attaques ou de ses apitoiements, en multipliant ainsi les traits de réel.

Le *Testament*, on l'a dit, reprend et développe les mêmes types de legs, mais il brouille les cartes en insérant ces dons de nature différente que sont les poèmes à forme fixe. La distribution des legs est *grosso modo* la suivante. Elle est annoncée au huitain LXXXIV sur le mode de l'autodérision par un agonisant « plus maigre que chimère ». Le premier legs, au huitain LXXXV, est le « don » que le poète fait de son âme à la « glorieuse Trinité », d'une âme qui se voit déjà emmenée au ciel, sous la protection de Notre Dame et en grande pompe, par les neuf ordres des Anges. Quant à son corps desséché, il le laisse à « notre grand mère la terre », un jeu de mots qu'il emprunte à Jean de Meun, qui l'a lui-même trouvé chez Ovide[1]... Aux legs de l'âme et du corps, ainsi dissociés, déchirés jusque dans la mort entre ciel et terre, succèdent des dons « littéraires », mais étrangement disparates : le don dérisoire, car sans doute inexistant, de la bibliothèque du poète et du « Roman du Pet au Diable » au « plus que père », le « pet » continuant l'équivoque du *Lais* (v. 69) sur le « bruit » (la renommée), déjà légué ; le don à la mère de la *Ballade pour prier Notre Dame* ; le don de la ballade « qui se termine tout par R » (qui est toute de grincements de dents) à la « chère rose » ; le don, contigu, du lai en forme de rondeau à Ythier Marchant. Puis, du huitain XCV au huitain CXXXVII, se succèdent les legs parodiques, bouffons, satiriques, de nouveaux introduits par *Item,* et où sont d'abord « gratifiés » d'anciens légataires du *Lais*.

La seule exception, dans cette suite de huitains, est l'*Oraison,* la prière « écrite » pour l'âme de maître Jean Cotart. À partir du huitain CXXXVIII, les huitains sont de plus en plus souvent interrompus par les poèmes de forme fixe qui ont tantôt valeur de legs (à Robert d'Estouteville, à Andry Couraud, à la grosse Margot, à Jacquet Cardon), tantôt de (pseudo-)enseignement, comme la *Belle leçon aux enfants perdus* sur laquelle enchaîne la *Ballade de bonne doctrine.* La série des legs

1. Voir le *Roman de la Rose,* v. 17634.

s'achève avec le huitain CLXII, mais rien n'interdit de considérer l'ensemble du *Testament* comme le legs de maître Villon...

Le contenu des legs du *Testament* est donc aussi hétéroclite, sinon plus, que celui du *Lais*. Quelques regroupements sont néanmoins possibles. Reviennent avec insistance dans les deux œuvres des dons impossibles à léguer, des objets (et en premier lieu de l'argent) dont le testateur ne dispose pas (qu'il s'amuse parfois, comme l'enseigne à la *Vache* aux vers 173-176 du *Lais*, à laisser à la discrétion de plus costaud que lui), des distinctions et des bénéfices qu'il n'est pas en mesure de distribuer, ou encore la longue liste des objets qui n'ont, ou dont nous devinons aisément qu'ils n'ont aucune valeur et qui sont dans leur immense majorité des dons insultants ou burlesques ou obscènes. Mieux encore que dans le *Lais*, l'extrême précision et la variété du lexique utilisé et des procédés de caractérisation (la plupart des termes désignant des realia n'apparaissent qu'une ou deux fois dans l'ensemble de l'œuvre) comme la souplesse, la mobilité d'une syntaxe que l'on qualifierait volontiers et anachroniquement d'« expressionniste », produisent des effets appuyés de réel et augmentent l'efficacité perfide ou cruelle du trait décoché. Que l'on relise dans cette perspective, mais cette liste est loin d'être exhaustive, les huitains XCVI, XCIX, CI, CV.

Provoquer un rire que l'on dira sardonique, bien que le terme sinon la chose n'apparaisse qu'au XV$^e$ siècle, fut sans doute le premier projet du testateur Villon. Notre manque de connaissances assurées sur le milieu dans lequel ont d'abord circulé ces textes ne nous permet pas sans doute d'en mesurer exactement l'audace, la portée et le degré d'outrance calculée. Mais l'on est sans doute assez proche de la vérité en prenant le *Lais* comme une sorte de « blague », de canular à l'usage d'un milieu d'étudiants, de clercs non encore installés dans la société et grands amateurs de plaisanteries visant des notables. Quant aux attaques salaces sur les mœurs et les vices des gens de justice et des policiers, sur ceux des moines, de préférence mendiants, des nonnes, des femmes en général, au XVe siècle, elles sont depuis longtemps monnaie courante dans les textes médiévaux.

Que le ton, dans le *Testament,* nous semble plus sincère, les attaques plus engagées dans une réalité existentielle, au point que l'on puisse croire à la fiction autobiographique et que l'on ait voulu nouer, et parfois de vive force, des liens réels entre Villon et ses cibles, est d'abord à mettre au compte de son habileté à s'approprier et à revitaliser le langage de la satire, à en habiller les lieux communs aux couleurs d'un monde saisi/éternisé dans la spécificité de son temps. Villon est maître dans l'art d'envoyer ses flèches sur des cibles bien précises, de les ancrer, le temps d'un huitain, dans leur milieu, dans leur espace, de saisir ou d'inventer leur différence. C'est à « l'étal d'un boucher » (selon la variante que donne le texte de *I* et des manuscrits *A* et *F* pour le vers 1257), un boucher forcément parisien, que Jean Cotart, grand buveur devant l'Éternel, zigzaguant dans les rues à la suite d'une mémorable saoulerie, s'est fait cette « bigne », cette bosse dont tout Paris, gageons-le, a dû garder même souvenir que le poète.

Dans le *Testament* cependant, les aveux et regrets de la première partie déteignent souvent sur la satire. Exhiber les peines subies, la pauvreté, l'exclusion, l'impossible conquête d'un « état », dire l'angoisse devant la vieillesse, l'impuissance et la mort concourt, aussi efficacement peut-être que la dimension réaliste des légataires et des legs, à faire croire à l'engagement personnel du poète, à son implication dans les traits qu'il décoche comme dans les rares moments de tendresse et de compassion qu'il accorde aux pauvres en esprit, aux marginaux de l'amour, aux exclus de la société.

Que la haine et la vengeance inassouvies aient le dernier mot, que pour crier grâce à ce monde qu'il choisit de quitter (*Test.*, v. 2003), le poète ne trouve d'autres interlocuteurs, muets, que la foule hétéroclite qui défile dans la *Ballade de merci*, est aussi pour beaucoup dans l'image si vive que nous laisse le *Testament* d'un poète révolté, n'ayant d'autres armes que la dérision et l'obscénité pour péter au nez d'une société[1] qui a perdu tous ses repères et où se manifeste dans toute sa cruauté la tyrannie de Fortune.

1. Voir *Ballade de merci*, v. 1988-1989.

# (IN)FORTUNE

1. Voir Dossier, p. 148.

Puissance intermédiaire entre Dieu et les hommes et dont Boèce avait déjà mesuré les immenses pouvoirs dans sa *Consolation de la philosophie*[1], Fortune tient une grande place dans la pensée et les textes médiévaux. Grand lecteur (et traducteur) de Boèce, Jean de Meun consacre de longs développements dans son *Roman de la Rose* aux pouvoirs et aux « mutations » qu'elle provoque. À la même époque, Adam de la Halle, on l'a dit, la met en scène avec son attribut essentiel, la roue, dans son *Jeu de la Feuillée*. Christine de Pizan, dans son *Livre de mutacion de Fortune*, en fait après bien d'autres la force qui conditionne le devenir et les transformations des hommes et du monde. De fait, il n'est guère d'œuvres du Moyen Âge qui ne se réfèrent à Fortune pour donner un nom et un visage aux heurs et aux malheurs de l'être humain, aux grandeurs et décadences des sociétés qu'il construit.

La présence de Fortune dans l'univers mental et poétique de Villon n'a donc pas lieu de surprendre. On soulignera cependant l'importance de ses interventions : une ballade, impossible à dater, lourdement titrée au XIXᵉ siècle *Problème ou ballade au nom de la Fortune*, dans laquelle Fortune, s'adressant au poète, énumère avec complaisance ses plus illustres victimes ; les huitains XVII-XXI du *Testament*, qui mettent en scène Alexandre, lui-même cité dans la Ballade (v. 25-27) comme une victime de Fortune, et Diomède

87

le pirate ; une allusion aux infortunes du destinataire dans la *Ballade pour Robert d'Estouteville* (*Test.*, v. 1394-1397) ; enfin, la *Chanson* destinée à Jacquet Cardon, centrée sur la « méprison » (les erreurs) de la déesse et son inexplicable « déraison » (*Test.*, v. 1784- 1795).

La *Chanson* unit explicitement Fortune à la mort. L'indiquent aussi bien le deuxième quatrain :

> Se si pleine est de déraison
> Que veuille que du tout dévie,
> Plaise à Dieu que l'âme ravie
> En soit lassus, en sa maison

que l'utilisation à la rime de « vie » et « assouvie », deux termes ailleurs liés, chez Villon, à la toute-puissance de la mort[1]. Fortune et la mort rivalisent, pour brasser pêle-mêle les destinées des humains et leurs squelettes indifférenciés. Mais l'originalité de Villon, si originalité il y a, tient aussi dans le face à face tourmenté qui l'oppose dans la *Ballade de Fortune* à la redoutable déesse. L'image lumineuse de la Philosophie dialoguait avec Boèce pour le consoler des tourments endurés dans sa prison. Villon, lui, est « visité » par Fortune, qui prend la peine de s'adresser à cet « homme d'aucune renommée » (v. 3), à ce « souillon » (v. 10) qui ose se plaindre. Qui plus est, comme l'a souligné R. Dragonetti, placé à la rime du refrain, le nom de Villon, associé à trois reprises par la rime à des mots triviaux comme « souillon, bouillon, haillon », « est fortement mis en valeur dans le jeu interpellatif de chaque strophe[2] ». De fait, se définis-

1. Voir par exemple le huitain CLXIII du *Testament* ou le v. 224.

2. « La Ballade de Fortune », *Revue des langues romanes*, LXXXVI, 1982, repris dans *La musique et les lettres*, *op. cit.*, p. 309-321.

sant elle-même comme pure création des clercs en quête d'une explication du monde :

> Fortune fus par clercs jadis nommée,
> Que toi, François, crie et nomme murtrière,
> Qui n'es homme d'aucune renommée
>
> (v. 1-3)

la déesse se préoccupe moins, face à un interlocuteur réduit au silence, de s'expliquer sur ses choix que de l'anéantir en lui rappelant la longue liste de ses illustres victimes, puisée, de manière traditionnelle, dans l'Antiquité païenne et le monde biblique. Dès lors, comment, pourquoi lutter ? Pourquoi ne pas « prendre en gré » ce qui advient, comme l'exige avec insistance le refrain, si tout recours est impensable ? L'acharnement que prête ici Villon à une Fortune dont Dieu peut seul tempérer les coups (v. 38-40) reprend sans doute, comme d'autres ballades, un thème essentiel de l'œuvre : l'impossibilité pour un poète né sous le signe de Saturne d'échapper à son *fardelet*, au fardeau de son infortune. Mais cette impuissance sert aussi d'alibi, comme le souligne également l'exemple de Diomède[1]. Si Fortune dispose à son « gré » du sort des hommes, toute responsabilité disparaît. Diomède, le pirate de peu d'envergure, aurait pu être Alexandre :

1. Sur cet exemple si souvent commenté, voir plus récemment T. Hunt, *Villon's Last Will*, *op. cit.*, p. 15-17.

> Se comme toi me pusse armer,
> Comme toi empereur je fusse
>
> (*Test.*, v. 143-144).

Si Dieu, supplantant Fortune, avait permis au poète de rencontrer « un autre piteux Alexandre » (*Test.*, v. 162), Villon n'aurait aucune excuse à ses erreurs. Nous sommes ici très loin de la pensée médiévale traditionnelle selon laquelle chaque être humain doit accepter un ordre du monde voulu par Dieu et rester dans l'état dans lequel il a été mis, y compris celui de pauvreté. Mais si cet état, ce statut n'était que pur hasard, dépendant des choix capricieux de Fortune ? La parole accablante de la déesse mine la tentation des regrets et plus encore des remords stériles. Le mérite personnel n'a pas décidé du sort plus ou moins enviable des « gracieux galants » que suivait autrefois le poète (*Test.*, XXIX-XXX) et la mort, de toute manière, se charge de tout « assouvir » (*Test.*, v. 224), de tout réduire à la cendre du cimetière.

« Qui meurt, a ses lois de tout dire », de multiplier avertissements et leçons de « bonne (ou de mauvaise) doctrine ». Le poète peut en effet exhorter, selon les règles et selon l'apôtre,

> les hommes faillis, bertaudés de raison,
> Dénaturés et hors de connoissance,
> Démis du sens, comblés de déraison,
> Fous abusés, pleins de déconnoissance[1]

à se repentir, à prendre confort en Dieu, le « vrai port »... Mais, dans ce monde déboussolé — les hommes de ce temps auraient plutôt dit *bestorné* (sens dessus dessous) —, la seule leçon recevable ne serait-elle pas celle que, dans le *Testament*,

1. *Ballade de bon conseil*, p. 163, v. 1-4. Sur cette ballade, voir G. A. Brunelli, *op. cit.*, p. 189-210.

le poète adresse dans l'envoi de la *Ballade de bonne doctrine* aux « compains de galle » :

> Ains que vous fassiez pis, portez
> Tout aux tavernes et aux filles
>                         (*Test.*, v. 1716-1719).

Quant aux pires ou aux plus compromis d'entre eux, ceux à qui s'adressent les ballades en jargon, le mieux sera qu'ils se répètent : « Eschec eschec pour le fardis ! » (Gare, gare à la corde !)[1].

1. Ballade en jargon, I, v. 10.

# VI

# « JE MEURS DE SEUF AUPRÈS DE LA FONTAINE » (*Poésies diverses*, VII)

2. Charles d'Orléans donna un thème, qui fut ensuite traité par d'autres poètes, dont Villon, lors de son passage à la cour du prince, à Blois.

3. Selon Ph. Ménard, « D'un mythe antique à une image lyrique », *Romania*, t. 87, 1966, p. 394-400, il s'agirait plutôt de la légende de Tantale.

Intitulée tantôt *Ballade des contradictions*, en raison de son thème et du procédé stylistique sur lequel elle se fonde, tantôt *Ballade du concours de Blois*, compte tenu du jeu littéraire qui en fut à l'origine[2], la ballade VII évoque en son premier vers une thématique amoureuse que colore le mythe de Narcisse[3]. Les vers initiaux de la ballade LXXV de Charles d'Orléans qui lui sert de prétexte :

> Je meurs de soif en couste la fontaine,
> Tremblant de froid ou feu des amoureux

orientent le lecteur en ce sens, ce que confirme la ballade XCIV du prince, qui lui est un écho désenchanté : « Je n'ay plus soif, tairie est la fontaine[1]. »

1. Voir Dossier, p. 151.

Pour Daniel Poirion, le passage de Villon à la cour de Blois (vers 1457-1458), où il fut peut-être un temps « recueilli » par le prince, mais qui lui donna surtout la possibilité de connaître les plus récents poèmes de Charles d'Orléans, a pu avoir une influence décisive sur sa propre poésie. Selon le critique en effet, « c'est peut-être à cette rencontre que nous devons l'orientation sérieuse des regrets qui se mêlent à la rancune du *Testament.* Plus probablement encore, Villon a dû trouver chez Charles d'Orléans ce fécond dédoublement d'une conscience qui s'examine, la structure et le tour du *débat* où, comme le malheureux prince, le mauvais garçon un jour répondra aux remontrances de son cœur retrouvant l'éternel dialogue de la folie et de la sagesse (« Le fol et le sage "auprès de la fontaine". La rencontre de François Villon et de Charles d'Orléans », *Travaux de linguistique et de littérature,* 1968, p. 53-68).

Dans le poème de Villon, on ne trouve pas, il est vrai, d'allusion à l'amour, motif central chez le prince. La présence insistante dans le refrain — « Bien recueilli, debouté de chacun » — du motif, qui lui est beaucoup plus personnel, du rejet, de l'exclusion, renvoie cependant plus sûrement à ce que dit Villon, du *Lais* au *Testament,* de son rapport à l'amour et aux femmes, femmes aimées, haïes, plus souvent encore observées et décrites avec une ironique complicité.

# L'AMANT MARTYR

Au seuil du *Lais* est proclamée la décision du poète d'en finir avec une liaison amoureuse « qui souloit mon cœur débriser » (qui lui brise le cœur, v. 16) et de prendre du champ. Les critiques ont depuis longtemps fait raison de cette déclaration. Quel que soit le sens exact du vers 43 : « Adieu ! Je m'en vais à Angers[1] », Villon a dû en réalité quitter Paris à la suite de sa participation au vol commis au collège de Navarre. Il semble donc qu'il faille voir dans l'adieu à l'amie des huitains II-VII une astucieuse excuse, qui sert au passage à parodier une rhétorique surannée, fondée sur la tradition courtoise.

1. Voir *supra*, p. 47.

Rien n'interdit pourtant de déceler sous la parodie la trace douloureuse d'une passion réelle, à laquelle pourraient faire écho plusieurs passages du *Testament*. Les strophes de la *Double ballade* (v. 625-672), ironiquement consacrée aux hommes illustres que leurs « folles amours » ont rendus « bêtes » (v. 629), débouchent sans crier gare sur l'étrange strophe V dans laquelle Villon étale son cas personnel — « De moi, pauvre, je veuil parler » (v. 657) — et évoque, de manière très énigmatique d'ailleurs, la correction que lui a fait infliger une certaine Catherine de Vaucelles pour une faute dont nous ne savons rien... Dans la suite immédiate du texte, les huitains LXV-LXXI, après un retour sur la perfidie de « celle que jadis servoie » (v. 673) et qui pourrait bien être la femme reniée dans le *Lais,* développent sur un mode burlesque proche de la fatrasie le motif des illusions de l'amour, de la déchéance qu'il provoque. Les huitains XC-XCIII stigmatisent enfin de manière très grossière la dépravation de « m'amour, ma chère rose » (v. 910), la femme à qui le poète envoie la ballade « qui se termine tout par R ». Mais pour la plus grande perplexité des critiques, cette ballade unit par le jeu des acrostiches le prénom *Françoys* (strophe I) à celui de *Marthe* (strophe II), qui pourrait alors prétendre autant que Catherine au titre de femme aimée/bafouée par le poète.

Le prince amoureux à qui est « envoyée » cette ballade (v. 966) est sans doute Charles d'Orléans[1], ce qui inciterait à situer la composition de la pièce, comme l'a proposé L. Foulet, peu après 1456[2]. Écrite selon I. Siciliano « dans le style qui était en honneur à Blois, qui florissait partout, du reste, dans les Cours et dans les puys d'amour[3] », elle aurait alors servi d'introduction à Villon auprès de Charles. Et même si l'on adopte la date de 1460 proposée par Jean Dufournet[4], cette pièce est de toute manière antérieure au *Testament* dans lequel elle a été recueillie.

S'il faut enfin voir dans « rose » non pas un prénom réel, mais une sorte de nom générique de la femme aimée repris au *Roman de la Rose,* deux femmes peuvent en avoir été les destinataires successives : d'abord Marthe, à moins que ce prénom, conservé par l'acrostiche, n'ait été retenu que pour le jeu de mots et d'échos qu'il permet avec le motif de l'« amant martyr[5] », puis Catherine de Vaucelles. Selon l'hypothèse de J. Dufournet,

1. Selon A. Burger (*Romania*, t. 79, 1958), ce serait plutôt le roi René d'Anjou.

2. « Villon et Charles d'Orléans », dans *Medieval Studies in Memory of Gertrude Schoepperle Loomis,* Paris, New York, 1927, p. 355-380.

3. *Villon et les thèmes poétiques du Moyen Âge, op. cit.,* p. 340.

4. *Rech. I,* p. 73-75.

5. Voir Rychner-Henry, *Com. II,* p. 15.

cette Catherine serait en effet et la femme dont se plaint et se venge Villon au début du *Lais*, puis dans le *Testament*, et la nouvelle destinataire de la ballade « qui se termine tout par R ». La douleur de l'amant rejeté et battu « comme à ru teles » (comme toiles au ruisseau, *Test.*, v. 658) expliquerait alors la violence ordurière des huitains qui introduisent la pièce et qui compromettent définitivement la tonalité fort peu courtoise qu'elle devait déjà avoir hors du contexte du *Testament*[1].

Il semble cependant bien problématique, et peut-être n'est-ce pas vraiment nécessaire, de reconstituer l'itinéraire amoureux de Villon, auquel la tradition littéraire a également très tôt attaché le nom de la grosse Margot et l'image dégradante du poète en souteneur complaisant et satisfait de son sort. Il importe davantage de voir avec quelle liberté et quelle variété de tons Villon a traité le thème quasi obligé de la relation amoureuse et ce qu'il est possible d'entrevoir, du *Lais* au *Testament*, de sa conception de l'amour[2].

1. Voir *Rech. I.*, « Les deux amours de Villon », p. 71-129.

2. Voir aussi T. Hunt, *Villon's Last Will, op. cit.*, p. 50-71.

## LA BELLE DAME SANS MERCI

La poésie de Villon joue avec efficacité du croisement, ou mieux, du télescopage entre deux représentations de l'amour. L'une, que l'on a pris l'habitude d'appeler « courtoise », lancée au XIIᵉ siècle par la lyrique des troubadours, puis des trouvères, véhicule une image du poète, du chevalier (dans le roman dit courtois), de l'amant entièrement voué au service de sa dame, espérant le don de « merci », implorant les faveurs qui pourraient enfin apaiser son désir. L'autre, beaucoup plus libre, beaucoup plus sexualisée, prépondérante dans les fabliaux par exemple, est surtout développée dans le *Roman de la Rose* de Jean de Meun, un texte où le Moyen Âge a pu découvrir une première ébauche de morale sexuelle, une réflexion d'ensemble sur l'éminente dignité du désir dans la relation de l'homme à la nature et à Dieu.

Au XVe siècle, la veine courtoise est loin d'être tarie. L'« amant trespassé de deuil » de Pierre de Hauteville se prépare longuement à mourir d'amour après s'être tout aussi longuement confessé de ses manquements envers sa défunte dame :

> Je povre amant, en amours maleureux,
> Le plus doulant de tous les douleureux,
> Gisant au lit malade griefvement,
> Transi de deuil et de ennuy rigoureulx,
> Triste de cueur et de corps langoureulx,
> Saint toutefois assez d'entendement[1].

1. V. 1-6.

Le poème d'Alain Chartier, *La Belle Dame sans merci,* composé en 1424, et qui déclencha aussitôt une querelle littéraire animée, avait pourtant déjà souligné les apories de la relation courtoise. Que peut faire l'amant sincère, sinon mourir de douleur, si la dame, indifférente à l'amour et son expression poétique, refuse de jouer le jeu, d'accorder le don de merci ? Il est à peu près certain que le huitain CLXVIII du *Testament* est un écho ironique de cette déclaration du triste amant d'Alain Chartier :

> Je laysse aux amoreux malades
> Qui ont espoir d'alegement
> Faire chançons, diz et balades,
> Chascun a son entendement[1].

1. Voir Dossier, p. 153.

Pourtant, si la reprise que Villon fait de ces vers vise autant que le « lais Alain Chartier » (son poème et/ou son legs littéraire ?), les postures amoureuses très présentes dans la production de cette époque — pleurs, lamentations, amoureux transis, malades ou mourant d'amour —, elle oriente aussi le lecteur vers l'image beaucoup plus charnelle que le poète donne de l'amour dès le début du *Lais*. Bénitier plein des larmes répandues et goupillon fait d'un « petit brin d'églantier en tous temps vert » placés au chevet des « amans enfermes » (malades d'amour ou impuissants) pourraient aussi bien désigner, dans la tradition plus gaillarde de Jean de Meun, les outils nécessaires à la perpétuation de l'espèce... Une perpétuation salvatrice, à laquelle Villon convie par-delà sa propre mort (v. 1810-1811) les trop fidèles lecteurs d'Alain Chartier.

Les huitains II-V du *Lais* s'approprient sans doute de manière ostensible les poncifs courtois. Rien n'y manque : la mention initiale de la saison hivernale, qui s'oppose (mais déjà chez les troubadours et les trouvères) à la « reverdie » de la nature, un froid de loup, qui métaphorise le gel du désir, l'évocation des « doux regards et beaux semblants » (v. 26) qui trompent et transpercent l'amant, ou encore l'utilisation concentrée de motifs canoniques comme la prison d'amour, le service inconditionnel de l'amant loyal, le refus de « merci » tuant ce nouvel amant martyr qui, comme tant d'autres avant lui, lègue à sa dame son « cœur enchâssé » huitain X), l'expression oxymorique, si fréquente dans cette poésie, de la très décevante saveur de l'amour (v. 27). Mais le contraste est systématique entre ce vocabulaire épuré et codé et les expressions triviales (v. 29-30) ou franchement obscènes (v. 31-32) des huitains IV, VI et VII. On a suspecté un jeu de mots grivois, on l'a vu, sous la trop explicite mention de la ville d'Angers. Le rythme désarticulé des vers 44-45 ne laisse guère de doute sur la nature de la « grâce » espérée. Quant à la mention aux vers 53-54 du hareng-saur (le « soret de Boulogne ») qui altère l'humeur du poète, elle pourrait bien transposer sur le mode cocasse le thème amoureux de la ballade *Je meurs de soif...*

On retrouve ces effets de contraste calculé dans le *Testament*. Quelles qu'en soient les destinataires, la *Ballade à s'amie*, autre belle dame sans merci, joue elle aussi du décalage parodique entre des expressions que l'on pourrait qualifier de courtoises et celles qui, par leur trivialité ou leur pittoresque, mettent à nu le caractère artificiel de la rhétorique traditionnelle et font douter de la sincérité de la passion. Au risque de faire tomber dans le prosaïsme la troisième strophe qui développe pourtant le thème, obsessionnel chez Villon, de la fuite du temps et de l'invite à jouir de l'instant : « Or buvez fort, tant que ru [ruisseau] peut courir » (v. 963). L'envoi, requête d'argent formulée au prince par un vrai pauvre et non par un mendiant d'amour, jette rétroactivement la suspicion sur le premier vers : « Fausse beauté qui tant me couste chier. » L'amant très courtois suggère bel et bien que la « chère rose » fait partie des jeunes femmes dont le métier est de monnayer leurs charmes lorsqu'il en est encore temps, tout en précisant de façon très grossière :

> Mais pendu soit-il, que je soie,
> Qui lui laira écu ne targe
>
> (v. 916-917).

Plus généralement, le ton, dans le *Testament,* se fait plus violent, plus sarcastique que dans le *Lais.* Le rejet sans appel que formule le poète :

> Je renie Amours et dépite,
> Et défie à feu et à sang
>
> (v. 713-714),

la déclaration des vers 717-720 :

> Ma vielle ai mis sous le banc ;
> Amants je ne suivrai jamais :
> Se jadis je fus de leur rang,
> Je déclare que n'en suis mais

sont sans doute présentés comme la suprême révolte que seule autorise l'imminence d'une mort dont l'amour serait responsable (v. 715) :

Et s'aucun m'interroge ou tente
Comment d'Amour j'ose médire,
Cette parole le contente :
Qui meurt, a ses lois de tout dire
(v. 725-728).

Mais de manière plus neuve que dans le *Lais*, le « je », avant de prononcer cette condamnation qui semble porter atteinte à l'ordre du monde, au moins poétique, a dès le huitain XXV très physiquement lié son adieu à l'amour à une impuissance elle-même causée par la pauvreté, la faim et les misères physiques et morales dont elles sont responsables : « Car de la pance vient la dance » (v. 200).

---

Faut-il aller plus loin et voir dans ce reniement-renoncement chargé de violence une allusion, bien cryptée il est vrai, à un « brusque virage » (l'expression est d'Yvan G. Lepage) de Villon vers l'homosexualité ? Virage lié aux avanies subies dans la prison de Meung, où le poète aurait été victime des appétits sexuels de l'évêque Thibaut et de l'affreuse trinité que forment au huitain LXXIV son lieutenant, son « official » et le « petit maître Robert » (voir Yvan G. Lepage, « François Villon et l'homosexualité », *Le Moyen Âge*, vol. XCII, n° 1, 1986, p. 71-89). D'autres critiques décèlent cependant des traces plus anciennes. Pour G. Pinkernell par exemple (« Villon und Ythier Marchant : Zum Kommentar von *Lais* 81-88 und *Testament* 970-989 », *Zeitschrift für romanische Philologie*, n° 91, 1975, p. 95-107), le huitain XI du *Lais* ferait allusion à une relation homosexuelle entre Villon et Ythier Marchant, allusion réitérée dans le huitain XCIX du *Testament*. S'il semble bien que Villon a fréquenté des milieux homosexuels (et déjà le milieu des coquillards), s'il est évident qu'il accuse à plusieurs reprises ses ennemis, et en priorité « Tacque Thibaut », et certains de ses

« légataires », d'homosexualité, de « sodomie » comme disait la langue médiévale, il est tout aussi évident qu'il rejette avec violence (par une prudence bien légitime) toute accusation de ce type le concernant — « Je ne suis son serf ne sa biche » — et qu'il ne semble pas plus tenir à se mettre dans les rangs des homosexuels qu'à se complaire du côté des amants trop courtois. Voir par exemple le commentaire que donne J. Dufournet (*Rech. II*, p. 461-473) des huitains CXL et CXLI du *Testament*, concernant les frères Perdrier.

---

Quant au motif topique de l'amour qui exalte l'être, il est lui aussi traité sur le mode parodique. L'amant alchimiquement sublimé par l'amour, « fin comme argent de coupelle », qu'évoque le huitain LXIX, ne laisse entrevoir cette sublimation que dans son dénudement corporel et les marques des mauvais traitements qu'il a endurés ; un motif que reprennent les strophes II et III de la *Ballade finale* (v. 2004-2013). Et l'inquiétante liste (les deux huitains LXVII et LXVIII) des illusions que provoque l'amour, au contenu bien souvent trivial, balade impitoyablement entre « vessies » et « lanternes »[1] celui qui s'est laissé bêtement prendre aux lacs tendus par la belle (huitain LXV). Dans cet univers du dialogue, du contact ardemment cherchés qu'est le *Testament*, la parole de l'amant, les gestes d'amoureuse tendresse qu'évoque à loisir le huitain LXVI seraient-ils eux aussi frappés d'impuissance ? La belle dame est restée silencieuse. Ou faut-il voir dans les protestations du poète autant un renoncement à l'amour qu'à une certaine forme d'expression poétique, à laquelle pourtant sacrifie admirablement le Rondeau :

1. Voir J. Dufournet, *Rech. I*, p. 213-249.

Mort, j'appelle de ta rigueur
Qui m'as ma maîtresse ravie
(*Test.*, v. 978-979),

mais en mettant la plainte dans la bouche d'un autre ? Le rejet, au reste, s'amorcerait dès le *Lais,* s'il est possible, à la suite de Roger Dragonetti, d'en lire les vers 31-32 :

Planter me faut autres complants
Et frapper en un autre coing

et comme une plaisanterie plutôt libre et comme le désir de forger ailleurs et autrement un nouvel alliage poétique.

---

Selon R. Dragonetti en effet (« Le contredit de François Villon », *Modern Language Notes*, vol. XCVIII, n° 4, 1983 ; art. repris dans *La musique et les lettres, op. cit.*, p. 279-308), « le projet fondamental de l'*escollier* du *Lais* porte toutes les marques d'une décision de rupture transgressive avec l'ancienne tradition de la rhétorique courtoise pour en transplanter le secret dans un champ plus fécond du langage. Fuir cet enfermement qui pourrait entraîner la mort par stérilité poétique, signifiera donc aussi pour Villon se donner congé à lui-même, s'oublier pour enraciner sa vie ailleurs et, non moins, se forger une autre renommée en se débarrassant d'abord de l'ancienne. Car, si Villon entend inventer une autre langue, c'est aussi et surtout pour renaître d'Elle, de cette matrice destinée à régénérer l'effigie du poète selon la nouvelle frappe du "re-nommé François Villon". C'est dans cet éclairage que nous entendrons mieux l'annonce programmatique du huitain qui se termine par les deux métaphores précitées : *Planter me faut autres complants/ Et frapper en un autre coin* (*Lais*, p. 31-32). »

---

La portée exacte de ce reniement un peu trop appuyé reste de toute manière bien difficile à cerner.

> Bien est verté que j'ai aimé
> Et aimeroie volontiers
> (*Test.*, v. 193-194)

avoue aussi le poète du *Testament*. La perte, plusieurs fois soulignée, de la virilité, et l'impuissance qui menace font partie des regrets du « je », qui ne dévide avec beaucoup de désinvolture (la rime principale en *-ettes* de cinq strophes sur six est pour beaucoup dans cet effet de dérision généralisée) la longue liste (il y faut une *Double ballade*) des victimes abêties par l'amour que pour mieux s'y fondre, semble-t-il, et justifier ainsi ses faiblesses ou ses rages. Comme bien souvent, le refrain à allure proverbiale semble en décalage : « Bien heureux est qui rien n'y a ! »

Soit ! Mais qui, au terme de cette énumération qui unit sans reprendre souffle temps païens et bibliques au temps du « moi, pauvre », et s'achève dans les transes du sabbat (v. 665-672), peut se croire épargné par ces « folles amours [qui] font les gens bêtes » (v. 629) ? Et comment mieux souligner que par l'impertinente attaque de la strophe V et par l'insignifiance du cas évoqué l'égalité des puissants et des humbles face aux errances amoureuses ? Vision désabusée, que reprend en écho le refrain de la *Ballade de bonne doctrine*, affirmant lui aussi la toute-puissance des plaisirs du corps : « Tout aux tavernes et aux filles » (v. 1719).

# « IL N'EST TRÉSOR QUE DE VIVRE À SON AISE » (*Test.*, v. 1482)

De fait, l'amour, ou mieux le sexe, tel que l'évoque Villon, ignore tout des raffinements courtois ou s'en moque. Il est essentiellement satisfaction des sens, plaisirs mêlés de la chair et de la bonne chère. La *Ballade de la grosse Margot*, qui évoque avec complaisance ces aspects, a beaucoup contribué à construire pour la postérité l'image d'un Villon mauvais garçon, amant de cœur d'une prostituée et aussi empressé à nourrir et à abreuver les clients qui se présentent qu'à satisfaire les ardeurs de sa belle. Pourtant, les outrances mêmes de cette ballade, la parodie qu'elle propose et de la thématique courtoise du « service » de l'amant et, peut-être, des combats acharnés des chansons de geste, invitent à y voir moins un tableau pris sur le vif qu'une sorte de morceau de bravoure très brillamment composé dans la tradition de la *sotte chanson*, un « divertissement » plutôt qu'une « confession », « fondée sur le "parti pris" de la grossièreté et de l'anti-courtoisie[1] ». Le lecteur moderne peut au reste comparer la pièce de Villon avec la brillante transposition en forme d'eau-forte libertine à la Rembrandt qu'en a faite Théophile Gautier, déclarant sans doute qu'il lui est impossible de transcrire cette ballade en français moderne mais que « jamais plus hardi tableau ne fut tracé par une main plus hardie[2] ». Dans ce répertoire très ouvert des possibles poétiques qu'est le *Testament*, sans

1. Selon Rychner-Henry, *Com. II*, p. 227.

2. *Les Grotesques*, *op. cit.*, p. 28.

doute convenait-il de ménager sa place à une poétique de la crudité, et la présence de cette ballade, qui reprend dans un geste peut-être parodique la structure formelle en carré parfait (des strophes de dix décasyllabes) de la *Ballade pour prier Notre Dame*, surprendrait moins si la rhétorique classique ne nous avait trop habitués à un cloisonnement beaucoup plus strict des genres et des tons. Au reste, on l'a dit, l'envoi de la ballade ne participe plus guère de la tranche de vie, mais roule pêle-mêle le « je » et les voyeurs complices, nous tous, dans l'ordure commune du bordel.

Mais peut-être cette pièce sonne-t-elle moins juste, dans ses joyeux excès de gaillardise, que la première strophe des *Contredits de Franc Gontier*, au refrain sans ambiguïté — « Il n'est trésor que de vivre à son aise » —, et où le « je », réduit cette fois au rôle de voyeur et interdit d'« aise », se délecte à détailler vers à vers les plaisirs très raffinés et les ébats d'un gras chanoine et de sa compagne, dame Sidoine :

Sur mol duvet assis, un gras chanoine,
Lez un brasier, en chambre bien nattée,
A son côté gisant dame Sidoine,
Blanche, tendre, polie et attintée,
Boire hypocras, à jour et à nuitée,
Rire, jouer, mignonner et baiser,
Et nu à nu, pour mieux des corps s'aiser,
Les vis tous deux, par un trou de mortaise
                                        (v. 1473-1480).

L'originalité de Villon en matière d'érotique ne se résume pas cependant à l'exaltation joyeuse du « bas corporel », à la complaisance affichée pour les plaisanteries, les contrepèteries, les jeux de mots grivois ou obscènes, comme on peut en lire à satiété dans le répertoire contemporain, par exemple dans les pièces parfois très grossières et très libres qu'a réunies Marcel Schwob dans son *Parnasse satyrique du quinzième siècle*. Elle se situe déjà dans le balancement savamment ménagé entre le bon ton courtois et son revers gaillard. Il est rare dans cette poésie que le trait obscène soit à lire tel quel ou qu'on ne puisse lui surimposer, peut-être à tort, une autre valeur. La trouvaille est surtout dans la tension qui parcourt le texte entre la force vitale qu'est l'amour et les menaces que font peser sur le corps désirant la pauvreté, le dénuement et le travail du temps.

On pourrait ainsi multiplier les renvois aux vers dans lesquels l'amour charnel, le « jeu de l'âne », apparaît comme une jouissance réservée aux puissants et aux nantis : gras chanoines, moines mendiants bien nourris, habitués à passer de la table au lit,

> Et puis après, sous les courtines
> Parler de contemplation[1].

1. Les v. 31 et 160 du *Lais* autorisent la contrepèterie « complantation ».

Le rôle d'un testateur tout-puissant est sans doute de mieux distribuer les cartes, de dérober quelques « lopins » avant « qu'ils se perdent aux Jacopins » ou « aux Célestins et aux Chartreux », pourtant si abondamment pourvus (*Test.*, v. 1574 et 1575), et ce afin de contenter les filles trop bien gardées et frustrées des plaisirs de la chair. Pourtant, alors que fait sans cesse retour l'habituelle liaison entre l'amour, les plaisirs de la nourriture et le bien-être du corps, s'inscrit en contraste, du *Lais* au *Testament,* la silhouette décharnée, desséchée, brûlée de désir du « je » « plus maigre que chimère » (*Test.*, v. 828). « Aise » pour les nantis, l'amour tel que le ressent le poète dans sa pauvreté est semblable à la soif qui brûle sans répit le gosier des trop grands buveurs, à qui l'enfer réserve encore d'autres tourments :

> Pions y feront mate chère,
> Qui boivent pourpoint et chemise.
> Puisque boiture [en enfer] y est si chère,
> Dieu nous garde de la main mise !
>
> (*Test.*, v. 821-824).

L'amour, celui qui torture le « je », est brûlure du corps, croupion en chaleur (*Test.*, v. 921), flammes à éteindre d'urgence, plus vives que le « feu saint Antoine » ou le feu du bûcher[1]. Mais cette chaleur ensorcelante est l'expression même de la vie du corps, de la mise à distance de la mort, et c'est encore cette bienfaisante ardeur que les « pauvres vieilles sottes [...] tôt allumées, tôt éteintes » (*Test.*, LVI) regrettent entre elles autour des « restes d'un feu mal éteint ».

1. Voir *Test.*, v. 600 et 665-672.

# L'AMOUR, LE TEMPS

L'audace de Villon ne se limite pas à cette indulgence aux fêtes du corps. Elle est dans la soudure beaucoup plus vive qu'il fait entre l'amour et un corps voué à la vieillesse, à l'inscription dans sa chair de la fuite du temps. Dans la chair de l'homme, bien sûr, guetté par la vieillesse précoce et la perte de la virilité :

> Trop plus mal me font qu'oncques mais
> Barbe, cheveux, pénil, sourcils
>
> (*Test.*, v. 1965),

mais plus encore dans le corps de la femme, un corps dont « la Belle qui fut hëaumière » (*Test.*, v. 454) traque impitoyablement sur elle-même la décrépitude.

Il existe avant Villon une tradition du portrait féminin en laid. Un exemple bien connu est celui de Maroie dans le *Jeu de la Feuillée* [1]. De sa femme, Adam de la Halle trace d'abord une image séduisante, puis efface, trait à trait, le portrait qu'il a dessiné. La trouvaille de Villon est d'abord dans la posture en retrait qu'il adopte : « Avis m'est que j'oi regretter », etc. (*Test.*, v. 453 et suiv.). Ici, c'est la femme elle-même qui prend la parole, « toute nue » (v. 488), scrutant comme devant un miroir toutes les parties, même les plus intimes, de son propre corps. Et le portrait en gloire qu'elle en trace au long des vers 493-508 n'est en fait qu'une interrogation sur une absence, sur ce scan-

1. *Jeu de la Feuillée*, éd. J. Dufournet, GF-Flammarion, 1989, v. 81-174.

dale qu'est la fuite du temps : « Qu'est devenu ce front poli », etc. (v. 493 et suiv.). La question fait écho au refrain de la *Ballade des dames du temps jadis :* « Mais où sont les neiges d'antan ? » Dans la *Ballade*, elle reste sans réponse. Dans les *Regrets de la belle Hëaumière*, l'image au miroir la donne impitoyablement : « Quelle suis, quelle devenue » (v. 489), un constat qu'énonce le jeu des temps, passé révolu contre présent passif[1], que monnaient les vers 493-524 : *le front/ridé, les cheveux/gris, les sourcils/chus, les yeux/éteints,* etc. Vers dans lesquels la brutale juxtaposition au substantif du qualifiant dépréciatif déconstruit trait à trait l'image passée, désigne en un raccourci plus saisissant peut-être que l'incise du vers 517 — « C'est d'humaine beauté l'issue ! » — l'irréparable outrage du temps.

1. Si l'on adopte la correction de *suis* (leçon du ms *C*) en *fus*.

Les conseils cyniques que donne ensuite la vieille à ses « filles », le roman noir dont elle se fait l'héroïne (huitains XLIX-LI), et qu'Édith Piaf aurait pu aussi bien chanter, s'inspirent très nettement du long discours que, dans le *Roman de la Rose* de Jean de Meun[2], la Vieille fait à Bel Accueil pour l'inciter à profiter au mieux de ses charmes et de sa jeunesse. « N'épargnez homme, je vous prie » (v. 538), voilà qui résume au plus juste la belle « leçon » que donne « la belle et bonne de jadis » (v. 562). On se méprendrait d'ailleurs à prendre au pied de la lettre les excuses que Villon trouve ensuite aux femmes légères qui furent un jour « femmes honnêtes » (*Test.*, v. 592) et qui se sont laissé séduire pour leur perte (huitains LX-LXIV).

2. V. 12744 et suiv.

Il entre sans doute dans ce beau discours plus d'ironie désabusée que de complicité. Si les hommes ont leur part de responsabilité dans la dépravation des femmes, la « nature féminine » (*Test.*, v. 611) et son insatiable désir de jouissance y sont aussi pour beaucoup :

> Autre chose n'y sais rimer
> Fors qu'on dit à Reims et à Trois,
> Voire à Lille ou à Saint-Omer,
> Que six ouvriers font plus que trois
> (*Test.*, v. 613-616).

Les torts, pour le moins, semblent partagés. L'excuse est à chercher ailleurs, dans cette malédiction que le *Testament* tout entier — à la suite, là encore, de Jean de Meun — fait peser sur l'amour, à savoir d'être devenu une valeur marchande. À la cupidité dont est accusée la « chère rose » fait écho la leçon de la vieille à ces marchandes de plaisir que sont les *Gautière, Savetière* et autres *Saucissière*. Noms de guerre, on s'en doute, que les noms que se donnent ces jeunes femmes, et qui ne recouvrent pas vraiment une honnête occupation, sinon celle de comptabiliser les profits et recettes de l'amour tant que cela est possible, tant que cette valeur tôt flétrie, la jeunesse, n'est pas encore une monnaie « décriée », hors d'usage,

> Car vieilles n'ont ne cours ne être
> Ne que monnoie qu'on décrie
> (*Test.*, v. 539-540).

1. Voir aussi Heinz Weinmann, « L'économie du *Testament* de François Villon », art. cit.

La marchande de plaisir : celle qui connaît mieux que quiconque la fragile nature de l'amour, un peu de jeunesse monnayée contre le temps et la mort[1].

## VII

## « LES JOURS S'EN VONT, JE DEMEURE » (*Sous le pont Mirabeau*) « TRISTE, PÂLI, PLUS NOIR QUE MEURE » (*Test.*, v. 179)

La facilité qu'a la mémoire à substituer à un vers du *Testament* : « Allé s'en est, et je demeure » (v. 177), le refrain d'un des plus célèbres poèmes d'Apollinaire n'est guère surprenante. On sait l'influence qu'ont exercée sur son œuvre et Villon et le Moyen Âge[2]. On ne s'étonnera pas non plus que l'unisson de la rime, allié au subtil décalage du rythme « moderne », désigne, d'un siècle à l'autre, une même et douloureuse méditation sur le temps qui passe ou, pour Villon, sur le temps, irrémédiablement enfui, des espérances et de la jeunesse.

Cette méditation est attendue. Ouvert sur la crainte de la mort, sur le sort de l'âme dans l'au-delà, un testament, réel ou poétique, invite l'agonisant au retour sur le passé, aux

2. Voir Michel Decaudin, *Le dossier d'« Alcools »*, Droz-Minard, 1960, p. 91.

111

regrets et surtout au repentir. Et Villon
semble d'abord se conformer aux usages.

# « JE SUIS PÉCHEUR, JE LE SAIS BIEN »
(*Test.*, v. 105)

Le *Testament* en effet procède lui aussi et
abruptement, au huitain XIV, au retour sur
lui-même du « je » battant sa coulpe, refusant
de persévérer dans son erreur et affirmant son
espoir dans la clémence divine (huitains XIII-
XIV). Les quelques velléités de repentir se dis-
sipent pourtant très vite, comme si les « hontes
bues » à satiété, les « peines » reçues « sous
la main Thibaut d'Aussigny » (*Test.*, v. 6)
étaient une suffisante pénitence. L'éloge très
appuyé du bon roi Louis (huitains VII-IX)
permet de glisser sur les causes réelles de
l'emprisonnement à Meung-sur-Loire. La
paraphrase, au huitain XIV, d'un verset souvent utilisé du prophète Ézéchiel[1], la citation,
déformée, au huitain XV, du *Testament* (et
non du *Roman de la Rose*) de Jean de Meun,
l'ironique mention, au huitain XVI, du « bien
publique », que la mort d'un pauvre ne saurait accroître, et enfin l'« exemple » développé à loisir de Diomède et le rappel du
pouvoir de Fortune sur les conduites des
hommes : autant de propositions, appuyées
sur d'excellentes autorités, qui permettent de
diluer les responsabilités et de repousser
l'expression d'un repentir qui n'est envisagé
que pour être aussitôt différé. Le plus sûr au
reste est de recourir aux incontournables évi-

1. Ézéchiel, XXXIII,
11 : « Dis-leur : est-
ce que je prends
plaisir à la mort du
méchant ? Bien plu-
tôt à ce que le
méchant change de
conduite et qu'il
vive. »

dences du discours proverbial, appelé à la rescousse à la clôture des huitains XVI, XIX ou encore XXI :

> Nécessité fait gens méprendre
> Et faim saillir le loup du bois

pour mieux souligner le poids de « pauvreté » dans les fautes des hommes.

Au lieu donc de se rabattre sur le motif attendu du repentir, de l'acte de contrition, le « je » tente plutôt de se représenter tout ce qui rend ou pourrait rendre la mort acceptable : fin des tourments, fin de la pauvreté, matérielle et morale, recours au lieu commun par excellence, l'impossibilité pour l'homme, quel qu'il soit, d'échapper à la mort. Prenant alors la docte attitude de qui s'essaie à penser raisonnablement la mort : « Si ne suis, bien le considère » (v. 297), « j'entends que... » (v. 302), « je congnois que... » (v. 305), le « je » se raccroche, sans trop y croire (« se par trop n'erre », si je ne me trompe pas trop) aux fragments d'un discours philosophique où l'on reconnaîtra sans doute un emprunt à Boèce et pourquoi pas à la traduction qu'en a donnée Jean de Meun[1] :

1. Voir Dossier, p. 147-148.

> Toute chose, se par trop n'erre
> Volontiers en son lieu retourne
> (v. 847-848).

Dans le huitain XXXIX par exemple, ou encore dans le huitain XLII, le « je » tente enfin, de manière plus directe, de fondre son angoisse individuelle dans le sort commun, de remâcher sa condition mortelle, cette essentielle et commune pauvreté, lui qui s'était rêvé « fils d'ange portant diadème » (v. 297) et qui doit pourtant penser sa mort dans la suite naturelle de celle de ses « pauvres » parents :

> Mon père est mort, Dieu en ait l'âme !
> Quant est du corps, il gît sous lame...
> J'entends que ma mère mourra,
> El'le sait bien, la pauvre femme,
> Et le fils pas ne demourra
>
> (*Test.*, v. 300-304).

## « MES JOURS S'EN SONT ALLÉS ERRANT » (*Test.*, v. 217)

Loin de conduire au repentir, la pensée de la mort, une mort dont le testateur ne cesse de repousser l'échéance (et au-delà des limites mêmes du *Testament*), rejette mieux encore le « je » vers la pensée de cet autre scandale : la fuite du temps et sa conséquence, l'ensevelissement de toutes choses dans l'oubli. La méditation s'attarde d'abord sur le cas du « je » : « Je plains le temps de ma jeunesse » (*Test.*, v. 169). Les « regrets » formulés (cet aspect du texte est bien connu) sont d'ordre très matériel. Le huitain XXVI notamment a longuement servi dans les livres de classe de moralité à l'usage des écoliers récalcitrants. Et pourtant ! Le regret qu'exprime le « mauvais enfant » n'est que le mirage d'un bien-être tout physique, « maison et couche molle ». La réussite, très enviée, des « grands seigneurs et maîtres », se mesure surtout à la chaude protection de leurs vêtements, un peu engonçants il est vrai (v. 239-240), à l'abondance, à la qualité des mets et des vins qu'ils savent largement s'offrir (huitain XXXII) et à la satisfaction béate dans laquelle ils se complaisent (v. 241-243).

Mais les regrets s'avivent surtout de la perception angoissée d'un temps qui, à peine tissé, se consume entre les mains comme feu de paille et dont il ne reste rien, « car à la mort tout s'assouvit » (v. 224). Cette flambée si vite éteinte est sans doute un moyen d'échapper au « travail », aux tourments endurés : « Si ne crains rien qui plus m'assaille » (v. 223). Mais que vaut le repos ainsi conquis contre le regret d'avoir laissé filer sa jeunesse ?

---

Le verset que « cite » Villon au huitain XXVIII se lit en effet dans le Livre de Job, VII, 6 : « Mes jours ont couru, plus vite que la navette, ils ont cessé, à bout de fil. » Mais, comme l'a remarqué la critique (Rychner-Henry, *Com. II*, p. 39 et T. Hunt, *Villon's Last Will, op. cit.*, p. 18-19), Villon ne poursuit pas la citation de Job : « Rappelle-toi que ma vie n'est qu'un souffle et que mon œil ne reverra plus le bonheur. » Il introduit une autre image, empruntée au métier du tisserand, le geste qui consiste à passer rapidement une torche de paille aux bords d'une pièce d'étoffe pour brûler les fils qui dépassent. Image qui unit de manière neuve l'effroi devant la fuite du temps à la méditation sur le pouvoir égalisateur de la mort.

---

Méditer sur la fuite irréparable du temps est un autre lieu commun très souvent fréquenté de la littérature médiévale, didactique ou non. Au XVᵉ siècle (en toutes époques), le thème est la mode. Composé peu avant 1440, *Le Passe-Temps* de Michault Taillevent[1] — on se limitera à cet exemple d'un poète que la critique a souvent rapproché de Villon — est une mélancolique interrogation sur le temps perdu et la menace de plus en plus précise que fait peser le couple Vieillesse/Pauvreté. Mais une fois encore Villon, dans le huitain XXII notamment, revivifie le motif. Le « partement » (départ) du « temps de ma jeunesse » est évoqué de manière réaliste, comme s'il s'agissait non pas d'une banale figure allégorique, mais de quelque hôte de passage ; d'où l'effet burlesque que produit l'interrogation des vers 173-174 :

1. Voir Dossier, p. 164-167.

> Il ne s'en est a pied allé
> Në a cheval, las ! comment don ?,

que vient immédiatement corriger le sentiment de déshérence et de dépouillement exprimé aux vers 175-176 :

> Soudainement s'en est volé
> Et ne m'a laissé quelque don

et qu'accentue encore, passant outre à la clôture du huitain, le coup d'aile initial, « Allé s'en est... » du vers 177, opposé au figement d'un « je » qui se sait et se sent désormais entièrement livré au flux du temps.

Réfléchissant sur la précarité de toute gloire mondaine, Boèce du fond de sa prison reprenait déjà dans sa *Consolation de la philosophie* un lieu commun articulé autour d'une question qui n'appelle guère de réponse :

> *Ubi nunc fidelis ossa Fabricii manent,*
> *quid Brutus aut rigidus Cato ?*

Ce que Jean de Meun traduit :

Ou sont ore les os de Fabricius le loyal ?
Quelle chose est ore Brutus ou Caton li roides ?

Boèce n'est pas, il s'en faut, l'inventeur de ce motif dont la première formulation se lit dans la Bible, dans le Livre de Baruch (III, 16-18) et qui, très souvent repris au Moyen Âge, dans la littérature cléricale et profane[1], sert à rappeler la vanité de la gloire et de la puissance mondaines. C'est donc là encore, à l'époque de Villon, le type même du lieu commun. Mais au lieu de l'utiliser comme ses prédécesseurs à des fins morales, le poète, semble-t-il, ne le reprend dans le *Testament,* dans les trois ballades construites sur ce motif, puis dans *Les Regrets de la belle Hëaumière,* que pour interroger vainement la validité d'une « consolation » dont le prix est la disparition de tout ce qui a composé la beauté, la gloire, la valeur et la puissance du monde.

1. Inventaire dans I. Siciliano, *François Villon, op. cit.,* p. 256-261.

Que la *Ballade des dames du temps jadis* ait été depuis longtemps comme détachée et du *Testament* et du triptyque qu'elle ouvre, n'est sans doute pas une simple erreur de sens critique.

---

Après avoir rappelé que les titres des trois ballades sont de Marot et qu'au moins le titre de la deuxième *Ballade des seigneurs du temps jadis* ne convient pas, car les seigneurs énumérés appartiennent à un passé proche du poète, A. Henry ajoute : « En revenant à la nudité des sources manuscrites, on s'aperçoit que ces trois ballades constituent une unité, la seconde ballade étant d'ailleurs reliée expressément, du point de vue lexical, à la première par ses premiers mots, *Qui plus,* et la troisième reliée de même à ce qui précède par son premier mot *Car ;* et cette grande unité est articulée au développement des huitains : les vers 305-328 suivis des trois ballades sont une démonstration du vers 304 *Et le filz pas ne demourra,* la conclusion intervenant au huitain XLII, qui suit la troisième ballade. Les trois ballades, en descendant le temps jusqu'aux vivants du XVe siècle et, en particulier, jusqu'au vivant Villon, constituent une unité dialectique au service du développement général : les femmes les plus belles et les plus célèbres se sont évanouies dans la mort, les personnages historiques qui occupaient hier le devant de la scène ont disparu, les États du monde, même les plus dotés de puissance, ne sont que poussière... donc... moi » (voir « Quelques réflexions d'un coéditeur des œuvres françaises de Villon », *Cahiers de l'Association internationale des études françaises,* vol. XXXII, 1980, p. 21-37).

---

Elle correspond trop bien à ce que, depuis le XIXe siècle et le romantisme, nous attendons de l'art de Villon : magie nostalgique des noms propres, qui évoquent — plus ou moins obscurément, mais qu'importe ! — des femmes à la beauté, à la puissance, à la gloire « trop plus qu'humaines » ; magie envoûtante du questionnement répété, d'« une magnifique monotonie » notait Théophile Gautier[1], fondu dans un rythme circulaire qui atteint dans l'envoi, dans ce retour toujours recommencé du même, à sa perfection ; « douceur caressante des rimes qui forment la chaîne sonore de la ballade, rimes en *-is*, *-aine*, *-an*, les deux dernières voilées par leur nasalité, toutes trois propices à l'éveil de la rêverie[2] » et que lance déjà le huitain XL autour des noms de Pâris et d'Hélène, de la beauté et de l'amour au risque de la mort ; magie enfin de ces étranges « neiges d'antan » dont tout suggère — une démonstration est-elle vraiment utile ? — qu'elles ont été, qu'elles seront chaque année renouvelées et anéanties, incarnations immatérielles et enfuies de ces femmes blanches comme neige et qui n'existent plus que dans la voix envoûtante comme sirène que module leur ballade.

Il aura donc fallu beaucoup de temps et de recul pour que s'immisce la lecture critique, pour que soient mises en évidence les solides jointures logiques qu'a placées le poète entre les trois ballades, pour que le ton de plus en plus désinvolte qui parcourt la deuxième et la troisième ballade semble également décelable dans la première, pour qu'un soupçon d'ironie se perçoive dans l'évocation de la « très sage Héloïse », responsable de la castration d'Abélard, ou de la reine débauchée qui donna ordre que le non moins sage Buridan « fût jeté en un sac en Seine » (v. 337-344).

1. *Les Grotesques*, *op. cit.*, p. 19.

2. Selon J. Frappier, « Les trois ballades du temps jadis », dans *Du Moyen Âge à la Renaissance*, *op. cit.*, p. 211.

Dans la très abondante bibliographie sur cette ballade, on retiendra plus particulièrement : les pages 106-108 du *François Villon* de Gaston Paris (*op. cit.*), pour qui cependant la troisième ballade « est tout à fait médiocre » et la deuxième « n'ajoute aucune note personnelle au genre traditionnel de l'énumération » (*ibid.*, p. 113-114), l'article provocateur de Leo Spitzer : « Étude ahistorique d'un texte : *Ballade des dames du temps jadis* », *Modern Language Quaterly*, n° 1, 1940, p. 7-22, qui tente de débarrasser le texte des gloses critiques déjà accumulées à cette date, l'étude de Jean Frappier, « Les trois ballades du temps jadis dans le *Testament* de François Villon », dans *Du Moyen Âge à la Renaissance*, p. 197-225, l'interprétation très originale mais très discutable de D. Kuhn dans *La poétique de François Villon, op. cit.*, p. 77-97, et l'article plus récent de Don A. Monson, « Autopsie des dames du temps jadis », *Poétique*, n° 12, 1982, p. 431-452, qui met à nu les composantes linguistiques d'un « corps » qui reste toujours aussi vif que celui du « je » du *Testament*.

De fait, l'énumération appliquée des grands de ce monde, dans la seconde ballade, fait parfois un peu catalogue. La recherche stylistique (la rime en *-iste* lancée par « li tiers Calixte », un pape mort en 1458, est difficile à tenir sur six vers) s'épuise dans la troisième strophe. Plus facile, la rime en *-on,* rime fétiche de Villon, tisse ailleurs dans l'œuvre de plus intéressants réseaux de sens. La désinvolture du ton enfin s'allie bizarrement à l'évocation d'étranges particularités physiques — quatre vers pour la tache « vermeille comme une ématiste » (améthyste) de Jacques II d'Écosse. Plus encore, l'évocation dans le refrain du « preux Charlemagne » unie à celle de grands hommes à la fois bien réels, appartenant à un passé plutôt récent, et dont précisément le souvenir s'est rapidement estompé, n'est guère propice à l'envol de l'imaginaire.

Quant à la troisième ballade, on en retiendra moins l'échec linguistique — Villon décidément n'a pas appris l'ancien français dans les bonnes grammaires — que la manière dont elle reformule, en excluant cependant les obscurs et les sans-grade, le motif de la danse macabre, présent dès le huitain XXXIX. Mais dans ce huitain, la juxtaposition insolite des conditions sociales, des catégories morales, des apparences physiques — les pauvres et les riches, les prêtres et les laïcs côtoient les sages et les fous, les petits et les grands côtoient les beaux et les laids, et qui, des nobles ou des vilains, est large ou chiche ? —, comme l'effet de réel qui émane du tableau (sur trois vers) des élégantes du XVᵉ siècle parées, quel que soit leur statut social, de leurs extravagants atours, témoigne en vrac de l'ultime triomphe de la Mort, commune suzeraine du monde.

---

On voit généralement dans ce huitain qu'a longuement étudié Jean Frappier (« François Villon, *Le Testament*, huitains XXXIX-XLI, essai d'analyse stylistique », dans *Du Moyen Âge à la Renaissance, op. cit.*, p. 227-243) la transposition langagière du motif iconographique de la danse macabre. Mais, alors que dans l'iconographie de la danse, c'est la Mort qui ouvre le cortège des squelettes et qui entraîne derrière elle leur suite hiérarchisée, dans ce huitain, la construction est inversée : c'est au terme de l'énumération, lancée par le « je », des êtres bien en vie, des femmes très richement parées qui animent le huitain, que surgit *Mort*, pour se « saisir », au sens propre et au sens féodal de ce terme, de ceux qui sont désormais ses fidèles sujets. Manière très habile de décaper un motif déjà traditionnel, comme le montre notamment Jane H. M. Taylor dans son étude sur « Villon et la danse macabre : "défamiliarisation" d'un mythe » (*Pour une mythologie du Moyen Âge*, éd. par L. Harf-Lancner et D. Boutet, coll. de l'ENSJF, n° 41, 1988, p. 179-196).

---

La troisième ballade rétablit cependant, mais pour mieux l'anéantir : « Autant en emporte ly vens » (v. 392), la hiérarchie traditionnelle. Se succèdent comme à la parade le pape, l'empereur (de Constantinople), le roi (de France), le dauphin, en héritier présomptif, et leur suite plus hétéroclite, saisie dans ses fastes et ses incongruités — « Ont ilz bien boutez soubz le nez ? » (se sont-ils bien empiffrés ? v. 407 —, tous destinés à la mort et qui viennent buter, dans le huitain XLII, sur le sort du « moi », du « pauvre petit mercier[1] » lui aussi livré au souffle dévastateur du vent, du temps, de la mort. La mort physique cependant n'est pas seule en jeu. La troisième ballade, dans ses impropriétés peut-être conscientes (serait-elle, comme le suggérait déjà Gaston Paris, un échantillon de l'art du pastiche ?), témoigne aussi de la mort à l'œuvre dans la langue. La langue elle-même pourrait bien n'être que fragile poussière, ce trait de charbon ou de pierre noire si précaire avec lequel sera peut-être écrite l'épitaphe du poète (huitain CLXXVII). Au risque qu'à son tour elle s'efface et s'enfonce dans l'oubli.

1. Sur les interprétations possibles de ce vers, voir Rychner-Henry, *Com. II*, p. 63-64, et J. Dufournet, *Rech. I*, p. 195-211.

## « EN CETTE FOI JE VEUIL VIVRE ET MOURIR » (*Test.*, v. 882)

1. Voir cependant *Test.*, v. 835-836.

La foi sans doute pourrait être un refuge, l'ultime « forteresse » (*Test.*, v. 869). Les vers qui en sont dans le *Testament* l'expression la plus achevée[1], la *Ballade pour prier Notre Dame*, ne disent pourtant qu'indirectement la ferveur du poète : le fils donne à sa mère une prière adressée à la Vierge, mère d'un autre Fils, pour qu'elle intervienne en faveur du « couple » humain, lui aussi uni dans la « douleur » et la « détresse » qu'exprime le huitain LXXXIX.

Première ballade du *Testament* à être présentée comme un legs (le « je donne » qui lance le huitain LXXXIX n'a d'autre « complément d'objet direct » que le texte de la ballade), ce poème, comme la *Ballade des dames du temps jadis*, ouvre un autre ensemble lyrique, plus disparate cependant et moins solidement noué. Il se compose en effet de deux ballades, de forme un peu différente — aux dizains de décasyllabes de la « prière » succèdent les huitains de décasyllabes de la *Ballade à s'amie* —, et d'un *Rondeau*, et chaque pièce est introduite par des huitains qui célèbrent, puis stigmatisent les destinataires. Mais les trois poèmes sont en même temps unis par la thématique de la prière, prière fervente à la Vierge, dérisoire demande de secours à l'amie, prière de mort donnée à Ythier Marchant. Un autre lien pourrait être le contraste entre ces trois legs « littéraires » et le précédent legs au

« plus que père » d'une bibliothèque sans doute inexistante et d'une œuvre au titre très irrévérencieux, « le Roman du Pet au Diable » (huitains LXXXVII-LXXXVIII)... Ce nouveau triptyque reprendrait alors le decrescendo ironique des trois ballades sur le thème de l'« *Ubi sunt ?* ». À moins que Villon, inaugurant ici la série de ses legs littéraires, n'ait d'abord tenu à montrer la variété de ses talents...

La variété de ton est tout aussi sensible dans la *Ballade pour prier Notre Dame*. Donnée à la mère pour qu'elle la fasse sienne, la prière se fonde en sa première strophe sur un rythme, une forme de répétition qui évoquent les litanies de la Vierge. Mais, à la place des formules consacrées, Villon utilise des appellations qui proviennent du registre féodal et/ou amoureux, « Dame du ciel », « ma Dame », « ma Maîtresse », « régente terrienne », ou qui semblent plus justement émaner du clerc lettré que de l'humble femme — « Qui rien ne sais, oncques lettre ne lus » (v. 894) ; ainsi de l'invocation à la « haute déesse » (v. 899), ou à l'« emperière des infernaux palus » (des marais de l'Enfer, v. 874). La strophe III, récit plus que prière — on pense pouvoir identifier le « moutier », le couvent des Célestins, où va prier la mère de Villon[1] —, dessine, elle, les gestes simples, les rituels coutumiers, les fermes certitudes d'un cœur simple, ignorant cette « jangle » (v. 881), cette science retorse du langage dont le fils pourrait bien avoir la maîtrise... Mais la strophe II, que l'on a rapprochée du *Miracle de Théophile* de

1. Voir. J. Favier, *François Villon, op. cit.*, p. 52-54.

Rutebeuf et de certains passages de ses poésies, semble plutôt porter au Fils la prière du poète. Puisse-t-il être pardonné, comme Théophile, cet autre « clerc », qui vendit son âme au diable pour retrouver son pouvoir au monde et que sauva la Vierge, ou comme sainte Marie l'Égyptienne, cette pécheresse dont tant de clercs, et Rutebeuf parmi eux, ont célébré le long repentir[1] ! Le rythme solide du refrain, « En cette foi je veuil vivre et mourir », la coupe isolant nettement le terme clé « foi », l'emploi répété de « cette », démonstratif de la présence éternisée, portent en revanche d'un seul jet vers le ciel cette prière qui trace un autre lien entre ciel et terre en rappelant le double mystère du corps intact de la Vierge mère (v. 890-891) et de l'humanité assumée du Fils (v. 905-906). On situe vers 1450 la représentation, à Paris, du *Mystère de la Passion de Notre Sauveur Jésus-Christ* d'Arnoul Gréban. Rien n'interdit de penser que Villon a pu y assister. Mais la Vierge de Gréban est une mère de douleur, déplorant ses tourments au pied de la Croix dans une longue paraphrase du *Stabat Mater*. Elle ressemble fort peu à la Vierge rayonnante, nimbée de ses multiples couronnes, attentive pourtant à recueillir les peines des hommes dont Villon le lettré offre à sa mère l'image enluminée.

Sans transition — et Gaston Paris et bien d'autres s'en sont offusqués —, sinon dans l'écho incongru que font à la « foi » proclamée de la mère, le « cœur » et le « foie » que Villon refuse de léguer à son amie (v. 909 et 911), le huitain XC reprend le fil interrompu

1. Voir, par exemple, Rutebeuf, *Vie de sainte Marie l'Égyptienne*, éd. cit., t. I, p. 261-332.

des *Item,* pour régler son sort à l'autre « maîtresse », puis au rival. Ni l'espérance de salut,
de la « clère jeunesse » du Christ triomphant
de la mort, ni la chronique annoncée d'une
double vengeance, ni les traits mordants des
legs que vont égrener les huitains suivants ne
sont pourtant de suffisants remparts contre
la hantise du temps qui passe et les morsures
de la mort.

## « QUAND JE CONSIDÈRE CES TÊTES / ENTASSÉES EN CES CHARNIERS » (*Test.*, v. 1744-1745)

Décrire l'horreur de la mort pour inciter
l'homme à se préoccuper de son salut est,
comme on peut s'en douter, un thème lui
aussi très répandu dans la prédication reli-
gieuse et dans la littérature didactique et
morale. Un exemple ancien en français en
sont les *Vers de la mort* d'Hélinand de Froidmont. Composé à l'extrême fin du XIIᵉ siècle,
ce long sermon de cinquante douzains
d'octosyllabes qui célèbre avec véhémence le
triomphe de la mort, qui prêche le mépris
des valeurs et des occupations mondaines et
qui connut un durable succès, annonce également les thèmes iconographiques de la
danse macabre. Plus proche dans le temps de
Villon, Pierre de Nesson (1383-1442), dans
ses *Vigiles des morts*[1], fait une large place aux
évocations très macabres de la charogne
décomposée et grouillante de vermine. À
comparer ses descriptions et celles de Villon,

1. Voir Dossier, p. 171.

on peut déjà mesurer la discrétion avec laquelle le *Testament* traite cette évocation du cadavre, du « transi », à une époque où pourtant la représentation littéraire et iconographique de la mort physique est si présente, où charniers et cimetières font partie du paysage quotidien, où plus généralement se développe ce que Christine Martineau-Genieys a appelé « le macabre de l'intervalle », l'évocation complaisante, tant dans l'iconographie que dans les textes, du devenir, de l'« aventure » du cadavre[1].

1. Voir Ch. Martineau-Genieys, *Le thème de la mort, op. cit.*, « L'iconographie macabre », p. 81-95.

Or si la mort est bien, cela va de soi, un thème majeur du *Testament,* le poète semble beaucoup moins tourmenté par le devenir du cadavre, et déjà du sien — un devenir que règlent assez rapidement, dans la séparation du corps et de l'âme, les huitains LXXXV et LXXXVI —, que par la décrépitude, la vieillesse, tout ce qui inscrit l'œuvre de mort au sein même de la vie. L'aspect le plus immédiat en est la décrépitude physique, celle qui frappe si cruellement « la belle qui fut hëaumière », mais Villon en suit aussi les avancées sur son propre corps, un corps douloureux, usé, prématurément réduit à l'impuissance physique (huitain LXXII), et que guette aussi l'impuissance intellectuelle (v. 177-178). La hantise du « je » face à cette autre menace se projette dans les pauvres consolations adressées à son double vieilli (v. 424-444), ce « vieux singe » qui fut jadis « plaisant raillard » (v. 425), et à travers lequel se dessine l'image redoutée du poète démodé, incapable de se renouveler, de retrouver sa verve passée, et acculé à la tentation du suicide :

Toujours vieil singe est déplaisant,
Moue ne fait qui ne déplaise ;
S'il se tait, afin qu'il complaise,
Il est tenu pour fol recru ;
S'il parle, on lui dit qu'il se taise,
Et qu'en son prunier n'a pas crû

(v. 439-444).

Mais l'horreur de la mort se mesure plus physiquement encore aux sueurs de l'agonie, de ce moment qui condense, le temps des deux huitains XL et XLI, toutes les peurs du « je » : la solitude et l'indifférence des autres, la douleur de la chair, la dislocation grinçante du corps, et aussi du corps féminin, ultime refuge de la beauté du monde, le silence d'un Dieu qui seul pourrait dire le sens de cette horreur (v. 317). S'ouvrant si poétiquement sur les noms mythiques de Pâris et d'Hélène, pourtant condamnés, comme nous tous, à faire allégeance à la mort, construit sur l'insistante répétition de *meure*[1], *meurt*, verbe qui s'associe par la sonorité et le sens à *douleur, sueur, cœur, sœur*, mêlant aux réalités physiologiques crues — « son fiel se crève sur son cœur » — un vocabulaire juridique qui enregistre l'autre déroute, celle des liens humains et sociaux, le huitain XL dit l'atroce solitude de l'agonie. Véritable leçon d'anatomie, le huitain XLI dissèque le corps à corps de la mort et du vif, la litanie des infinitifs résonnant comme autant de coups précisément assenés.

Il faut attendre la seconde partie du *Testament,* l'évocation des « compains de galle » (v. 1720) menacés de la mort honteuse, du

1. Au v. 313 « meure » est un subjonctif à valeur éventuelle et concessive : « même si ce sont Pâris et Hélène qui meurent... ».

*mau hale* des condamnés, pour qu'apparaisse sur le mode majeur une autre dimension de la mort. Le charnier des Innocents, évoqué au vers 1735, puis soumis dans le huitain CLXII à l'attentive contemplation du poète

> Quand je considère ces têtes
> Entassées en ces charniers

ne se prête pas aux images macabres attendues. Dans ce cimetière où les cadavres pourrissants sont déjà réduits en « poudre », en poussière (v. 1765), dont ne subsistent plus guère que les têtes, c'est-à-dire les crânes, se rouvre, dans les huitains CLXI-CLXIV, la méditation déjà amorcée au huitain XXXIX sur le pouvoir égalitaire de la mort, qui nivelle les classes sociales, supprime toutes les hiérarchies. Les huitains CLXIII et CLXIV sont justement célèbres, qui évoquent très concrètement le dérisoire ballet des courbettes empressées des vivants, en contraste avec les crânes indifférenciés, entassés pêle-mêle dans les charniers, qui rendent à leur insignifiance les *plaisances* passées des nantis[1], qui roulent dans la même poussière les cadavres des pauvres et les cadavres de ceux qui furent

> souef et tendrement nourris
> De crème, fromentée ou riz
> (v. 1763-1764).

Le thème là encore est commun, mais à cette date, il n'est guère que Villon pour en

1. Voir en contraste les huitains XXXII et CLXI.

tirer les conséquences. Si à la mort tout « s'assouvit », si aucune lunette ne permet dans les empilements des charniers de différencier « les gens de bien des déshonnêtes » (v. 1735), le triomphe de la mort est aussi d'effacer en ce monde la frontière si précaire entre le bien et le mal. Seul le « doux Jésus » a le pouvoir de retrouver les siens, d'absoudre ceux qui le méritent et de confirmer, lui le Juge suprême, l'exclusion que prononce, dans le huitain CLXV, un « je » qui stigmatise les juges trop acharnés à punir, déjà réduits de leur vivant à l'état de cadavres, et qui devront rendre gorge devant Dieu et saint Dominique, le terrible Inquisiteur.

On a depuis longtemps rapproché les vers 1760-1767 du *Testament* de la première strophe de l'*Épitaphe Villon,* plus souvent appelée *Ballade des pendus.* La voix qui rappelle dans la première strophe de la ballade les concessions jadis faites au corps s'acharne à en disséquer ensuite, et surtout dans la strophe III, les horribles outrages endurés au-delà même de la mort par les cadavres des suppliciés et qui perpétuent le châtiment. N'est-on pas alors tenté de suggérer que l'ultime supplique émanant de cette voix d'outre-tombe que l'on nomme Villon, l'absolution qu'elle demande aux seuls intercesseurs possibles, les frères en humanité — « Mais priez Dieu que tous nous veuille absoudre » —, est d'accorder enfin aux condamnés de mêler leurs squelettes poudreux aux cadavres anonymes des cimetières pour qu'ils gisent eux aussi dans l'indifférence de la mort ?

# « LE LAISSEREZ LÀ, LE PAUVRE VILLON ? »

Considérant à juste titre l'ensemble du *Testament* comme une entreprise pour « desserrer l'étau de la mort », Jean Dufournet a, à plusieurs reprises, attiré l'attention du lecteur sur l'étonnante tonalité finale de l'œuvre et sur les deux ballades « carnavalesques » qui lui servent de clôture.

---

« L'une, la *Ballade de merci*, est un cortège de Mardi gras, microcosme de l'œuvre, avec ses frères mendiants et ses badauds, ses filles de joie et ses godelureaux, ses mauvais garçons et ses montreurs de marottes, ses fous et ses sots agitant des marottes et des vessies garnies de pois ; l'autre, la *Ballade finale*, est l'enterrement burlesque du poète, martyr d'amour, Christ dérisoire, Christ goliard sur la croix de l'amour, vêtu d'un haillon, piqué d'un aiguillon, assoiffé, qui quitte la terre de son plein gré (*quand de ce monde voult partir*, dit le refrain) et que ses compagnons devront accompagner, dans le tintamarre des cloches, *vêtus rouge com vermillon*, à la gloire du sexe et de l'amour physique » (*Villon : ambiguïté et carnaval*, *op. cit.*, p. 157).

---

Alors qu'on aurait attendu dans ces *ultima verba* les manifestations d'un repentir et d'une sincère contrition, les conseils ambigus que le poète adresse alors à ses « compagnons », le tombeau précaire qu'il se dessine, l'ordonnance bouffonne de ses funérailles, l'épitaphe dérisoire qu'il se compose semblent en effet autant de moyens de retarder

l'échéance et de conjurer, dans l'insoute-
nable légèreté de l'être et du dire, l'enfermement et le poids du néant. Comme le suggérait déjà avec impertinence le quatrain
peut-être composé à la fin de 1462 ou au
début de 1463, au moment où Villon a
été de nouveau emprisonné au Châtelet et
condamné à la pendaison[1] :

1. Sur ce quatrain,
voir J. Dufournet,
*Nouv. Rech.*, p. 239-
248.

> Je suis François, dont il me poise,
> Né de Paris emprés Pontoise,
> Et de la corde d'une toise
> Saura mon col que mon cul poise.

## « À VOUS PARLE, COMPAINS DE GALLE »
(*Test.*, v. 1720)

L'horreur, sinon de la mort, mais de l'enfermement « bas en terre » (v. 29), dans le noir
de la prison-tombeau, se lit déjà dans la pièce
IX des *Poésies diverses*. L'épître (en forme de
ballade) que Villon adresse à ses « amis »
du fond de la « fosse » de Meung-sur-Loire,
oppose à son sort atroce de prisonnier la vie
de la joyeuse bande en laquelle il se reconnaît
et qu'il appelle à son secours. Il y a peu de
chance pourtant que les

> Filles aimant jeunes gens et nouveaux,
> Danseurs, sauteurs, faisant les pieds
> [de veaux »
> (v. 6-7)

ou encore les

> Chantres chantant à plaisance, sans loi,
> Galants riant, plaisants en faits et dits
>
> (v. 11-12)

1. Voir Barbara Nelson Sargent-Baur, « Et me montez en quelque corbillon » (François Villon, *Poèmes variés,* vol. XII, v. 33), *Romania,* t. 110, 1989, p. 265-268.

à qui le « pauvre Villon » demande d'envoyer « quelque corbillon[1] » pour le sortir de son trou aient eu le pouvoir de le faire libérer. Évoquer du moins cette troupe très alerte de noceurs, de saltimbanques, de musiciens et d'habiles « faiseurs de lais, de motets et rondeaux » (v. 16), tous plus désargentés (donc plus libres de tout lien) les uns que les autres, c'est recréer, par le rythme endiablé de l'écriture et le vif-argent des allitérations, ce milieu de marginaux où se croisent tous ceux qui font un pied de nez aux convenances et aux valeurs sociales et qu'à la fin du *Testament,* dans la *Ballade de merci,* le poète entraîne dans une ultime parade sur les tréteaux de la vie.

Pièce de circonstance, dont le refrain angoissé « Le laisserez là, le pauvre Villon ? » rime avec l'image d'un poète affamé, torturé et terrassé dans tous les sens du mot, cette ballade n'a pas trouvé sa place dans le *Testament.* Comme si la plainte et l'appel au secours avaient été finalement refoulés par les cris de haine envers l'évêque Thibaut, le responsable de son malheur, sur lesquels s'ouvre l'œuvre, ou par les remerciements empressés au bon roi Louis. Mais au terme du *Testament,* les « compains de galle » (de plaisir) sont bien l'unique refuge, ceux à qui dédier l'ultime « leçon » sur la vie et la mort. Gageons en effet que ces « enfants perdus », plus à plaindre, cela va de soi, que les

« enfants trouvés » (*Test.*, CLV), furent le premier cercle, le premier public d'une œuvre qui a dû d'abord se déguster sous le manteau[1].

Les choix faits, les leçons données dans cette dernière partie ne surprendront d'ailleurs que ceux qui s'aviseraient de faire une lecture morale du *Testament*.

1. Voir Yvan G. Lepage, « Villon et ses masques », dans *Villon hier et aujourd'hui, op. cit.*, p. 161-174.

---

Comme l'a rappelé Jean-Charles Payen (« Le coup de l'étrier : Villon martyr et Goliard, ou comment se faire oublier quand on est immortel ? », *Études françaises*, vol. XVI, n° 1, p. 21-34), « la poésie de Villon ne se veut émouvante et moraliste que lorsqu'elle assume l'héritage obligé de modèles avec lesquels le poète prend d'ailleurs ses distances ; mais elle se révèle de plus en plus cynique au fur et à mesure qu'elle progresse vers une clôture qui est un sommet de provocation ».

---

De fait, les décrochages et les ruptures qu'a toujours pris soin de ménager le poète entre l'expression d'une émotion, de regrets qui semblent spontanément surgir, et la dérision des autres ou de lui-même qui en détruit tout aussitôt l'effet, cèdent ici définitivement la place, balayés au rythme de la charge bouffonne qui remet en cause les valeurs établies et par les éclats d'une veine satirique de plus en plus cruelle.

Introduite par la plaisanterie très facile sur les « enfants trouvés », la *Belle leçon aux enfants perdus* semble d'abord dispenser les bons conseils d'un maître expert et repenti (huitain CLIX) à ses « clercs près prenant comme glus » ; des clercs un peu spéciaux, que l'on a de bonnes raisons d'identifier avec la bande de voleurs, de coquillards, qu'a dû un temps fréquenter le poète. Composé dans une langue qui évoque — mais en plus clair — le vocabulaire et les expressions imagées des ballades en jargon, le huitain CLVI rappelle expressément l'exemple douloureux de Colin de Cayeux, le complice du vol du collège de Navarre, le compagnon pendu vers 1460. Mais le long inventaire des moyens peu licites de vivre ou de survivre, des « ordures » que détaillent les deux premières strophes de la *Ballade de bonne doctrine à ceux de mauvaise vie*, et où l'on retrouve pêle-mêle vols et larcins en tous genres et cette autre et semblable piperie que serait le métier d'auteur-acteur de « farces, jeux et moralités » (v. 1704), se clôt impitoyablement sur le constat désabusé du refrain. Où va l'argent ainsi frauduleusement gagné ? « Tout aux tavernes et aux filles », comme d'ailleurs les gains plus honnêtes dont pourraient se satisfaire ceux qui n'hésitent pas à travailler misérablement de leurs mains[1]. La méditation qu'engage ensuite, au huitain CLX, le legs des lunettes du poète aux aveugles de l'hôpital des Quinze-Vingts, suivie de l'évocation du charnier des Innocents, conforte encore, on l'a vu, cette morale à rebours. La mort efface définitivement toute distinction entre les gens de bien et les « déshonnêtes ».

1. Sur la strophe III, voir Jean-Claude Delclos, « *Mais, se chanvre broyes ou tilles.* À propos d'une ballade du *Testament* (v. 1692-1719) », dans *Villon hier et aujourd'hui, op. cit.*, p. 223-228.

# « CI-GÎT ET DORT EN CE SOLIER »
(*Test.*, v. 1884)

Le manteau d'indifférence que jette la mort sur le bien et sur le mal comme sur les affres de la misère physique et morale, du temps perdu, de la vieillesse, de l'agonie, ne peut pourtant balayer l'horreur du face à face. Une ultime rafale de legs méchamment ironiques retarde un instant encore l'expression des dernières volontés, mais vient le moment où il faut inventer la tombe, graver l'épitaphe, mettre en scène sa propre mort.

Mal héréditaire, comme le martèlent notamment les vers 273-277 du *Testament*, Pauvreté, la personnification qui incarne tout au long du texte le mal et la racine de tous les vices, de toutes les erreurs, de toutes les errances, se taille une place essentielle dans le « tombeau » que s'édifie sur le mode du dénuement, de l'exclusion et de la dérision, ce

pauvre petit écolier
Qui fut nommé François Villon
(*Test.*, v. 1886-1887).

Pour l'« estature », le portrait du poète, il suffira d'un dessin à l'encre, et à condition encore que ce ne soit pas trop cher (v. 1870-1873). Un tombeau serait un luxe inutile, et surtout interdit. En l'église de Sainte-Avoye, où l'on enterrait en étages — et, pourquoi pas, dans le plein ciel d'un « solier » *(solarium)* —, il faut savoir se faire léger (v. 1874-

1875). Et l'inscription cernant/délimitant la fosse, écrite malgré tout en lettres bien visibles (les lettres majuscules des vraies épitaphes ?), doit elle aussi se réduire à un trait fragile de charbon, à des graffitis aussi précaires que les mots eux-mêmes — telle était la « leçon » de la *Ballade en vieux langage françois* —, mais toujours prêts à prendre leur envol, à l'image qu'ils capturent « du bon folâtre », de l'être insaisissable, « aux semelles de vent ».

Le huitain-épitaphe enfin (huitain CLXXVIII), rédigé comme il se doit à la troisième personne — *Ci gît...*, une troisième personne dont le poète refait usage dans la *Ballade finale* —, réaffirme la volonté d'un dépouillement total. Symboliquement construite autour de la rime en -*on* et du nom poétique ici gravé dans sa plénitude, « François Villon », l'épitaphe trace l'image d'un légataire misérable, « oncques de terre n'eut sillon », mais jusqu'au bout généreux, dispersant aux quatre vents ses pauvres possessions. Le repas est fini. Les tréteaux, la table, les ustensiles, inutiles, sont légués. Le pain, nourriture essentielle, est distribué, et même le « corbillon », ailleurs imaginé comme médiateur de l'envol[1]. Le poète s'est absenté. Il « dort en ce solier ».

Le verset en forme de rondeau, enchaîné à l'épitaphe et proposé comme prière à ceux qui accompagneront le mort, s'ouvre sur une traduction très exacte du refrain du *Requiem* : « *Requiem aeternam dona eis, Domine, et lux perpetua luceat eis.* » Mais le respect affiché du texte liturgique est aussitôt miné par l'insolite

1. Voir Barbara Nelson Sargent-Baur, *op. cit.*

cassure du rythme du premier vers, suspendu sur « cil », qui produit une assonance insolite avec « sire », et que reprennent en écho ironique à la rime des termes aussi triviaux que « persil » ou « sourcil ». Tout comme l'épitaphe, le verset orchestre avec insistance le motif du dénuement, du repas impossible, de la nourriture inexistante — même pas le secours euphorisant d'un brin de persil —, avant d'introduire l'image elle aussi très triviale de la tête du mort rasée, pelée, mise à nu comme un navet. Obtenir « repos éternel » et « clarté perpétuelle » exige là encore cette légèreté totale de l'être, cette subtilité durement acquise d'un corps qu'un coup de pelle au cul[1] suffira peut-être à projeter dans une paix, dans une lumière si cruellement absentes du *Testament*.

Au moment où, par le biais de l'épitaphe puis du verset, le « je » Villon semble se contempler à distance, s'effacer devant un « il » qui prendrait la pose pour l'éternité, se dessine ainsi une image qui contraste étrangement, peut-on penser, avec les dispositions et propositions du huitain CLXXVII :

> Au moins sera de moi mémoire,
> Telle qu'elle est, d'un bon folâtre
> [d'un joyeux compagnon].

À moins qu'elle ne soit, comme l'a proposé naguère Jean Dufournet dans sa lecture de l'épitaphe, qu'un masque de plus, derrière lequel se jouerait, dans la douleur et dans le déchirement, la mise à mort d'« un certain François Villon, poète et escolier », le lieu où crier une dernière fois la perte de toutes ses

1. Sur ce qui est peut-être aussi une allusion à un châtiment judiciaire, voir J. Dufournet, *Rech. II*, p. 538-542, et Rychner-Henry, *Com. I*, p. 263.

espérances, espérance d'être aimé, espérance d'une promotion sociale, le moment de s'avouer les échecs subis dans tous les domaines[1]. Loin donc de se vouloir définitive, l'image du « bon folâtre », étroitement liée à celle du « pauvre Villon », ne pourrait, ne devrait avoir d'autre durée que celle de cette tombe impossible, de cette inscription à la précarité délibérément consentie[2].

Sans doute. On se plaira à penser qu'il n'y eut, qu'il n'est d'autre tombe pour Villon que ce « tombeau » poétique qu'est le *Testament*... Et l'épitaphe et le verset ont toutes chances d'être les larmes amères, mais déjà séchées, que verse une dernière fois sur lui-même celui qui s'est tour à tour présenté comme amant martyr, pauvre écolier, clerc dégradé, donateur impénitent, et qui, une fois épuisée sa capacité à multiplier les masques et les dons, n'a plus d'autre ressource que de prendre congé et de programmer sa mort... ou d'annoncer, autrement, sa résurrection.

Mais faut-il vraiment prendre au pied de la lettre — sur le mode psychologique —, l'image du « bon folâtre ? » La figure d'un poète famélique et facétieux, inventeur astucieux de bons tours et de (très) grosses plaisanteries, qui hante très tôt après la disparition du poète le recueil des *Repues franches* ou quelques pages du *Quart Livre* de Rabelais[3] et qui évoque bien souvent la figure légendaire de Till Uilenspiegel et de ses multiples bons tours, est sans aucun doute caractéristique de la première réception de l'œuvre. Il serait bien impudent de l'ignorer,

1. Voir J. Dufournet, « L'épitaphe de Villon », *Rech. II*, p. 529-553.

2. Voir Jean-Claude Delclos, « La sépulture de Villon : mort ou résurrection », dans *Hommage à Jean Dufournet*, Paris, Champion, 3 vol. 1993, vol. I, p. 389-397.

3. Voir Dossier, p. 173.

tout comme de dédaigner cette autre image de Villon, mauvais garçon, bohème, « anar », marginal en somme de toutes les sociétés, qui a su séduire (embarrasser parfois) critiques, poètes, écrivains et lecteurs des XIXᵉ et XXᵉ siècles et qui a tant fait pour la survie de l'œuvre. On se demandera cependant si l'autoportrait en « bon folâtre » dessiné/ mis à distance par le « je », comme les rapides croquis d'un poète « sec et noir comme un écouvillon » (*Lais*, v. 316) ou encore « plus maigre que chimère » (*Test.*, v. 828), ne disent pas, autant qu'une disposition mentale, qu'un « être au monde » revendiqué par le poète, la recherche d'un nouveau mode d'écriture, d'une nouvelle frappe poétique, pour reprendre et les vers 31-32 du *Lais* :

Planter me faut autres complants
Et frapper en un autre coin,

et les remarques qu'ils ont suggérées à Roger Dragonetti[1]. L'instabilité consentie et qu'illustre aussi bien le vers 6, si souvent invoqué, de la *Ballade du concours de Blois* : « Je ris en pleurs et attends sans espoir », la légèreté insouciante ne seraient-elles pas aussi la reconnaissance d'une réussite ? Le « bon folâtre » : celui qui a su rejeter les fastes pesants de la poésie traditionnelle, casser, dans la quête perpétuelle de l'apesanteur du dire, les formes surannées du jeu poétique, les figures figées du grand ballet des formes fixes. Les thèmes dont Villon, comme tout poète avant et après lui, fait sa pâture ordinaire, l'amour et les femmes, la fortune, la

1. Voir « Le contredit de François Villon », dans *La musique et les lettres*, *op. cit.*, p. 279-308.

pauvreté, le temps perdu, la mort, (et dont Italo Siciliano a complaisamment retracé le parcours jusqu'au XV^e siècle), sont comme décapés par l'ironie, la dérision, le cynisme, voire l'obscénité avec lesquels le poète les traite, ou mieux encore revisités par le regard neuf, souvent complice, plus souvent désabusé qu'il pose sur des figures conventionnelles et des scénarios routiniers. Mais qui l'emporte, de la dérision ou de l'angoisse, dans cette ultime *Ballade de merci*, toute traversée de mouvements désordonnés, de bruits discordants, de « vessies » trop bien gonflées, jusqu'à risquer d'éclater aux mains du poète ? Car le « bon folâtre » en quête d'envol est aussi le Villon assis, terrassé, qui ne peut même plus péter au nez de ses anciens bourreaux (v. 1988-1989), échapper à la mise à mort.

Quoi qu'en dise Villon, sans doute pour exorciser sa crainte, le *Testament* n'est pas une œuvre ouverte (huitains CLXXIII-CLXXIV), léguée au risque du temps, d'exécuteurs testamentaires fantoches, de mutilations en tous genres. Le *Testament* est clos, achevé, déposé dans son tombeau (v. 1996). Mais il s'est fait suffisamment léger, il a été suffisamment vidé de la rhétorique officielle, délivré des carcans poétiques, pour que le lecteur, lui, puisse le sortir de sa tombe et l'ouvrir à la pleine lumière.

# « CE JURA-T-IL SUR SON COUILLON »
(*Test.*, v. 2002)

Une autre et plus rude tension parcourt l'œuvre de Villon, partagée entre le constat douloureux du manque d'amour, de l'impuissance sexuelle, et l'ivresse si rare de la chair comblée. La pauvreté, la rareté de la nourriture, du vin, d'aphrodisiaques — qu'on relise au huitain CXI le legs de clous, queues et têtes de gingembre capables de

> ... joindre culs et quoettes
> de coudre jambons et andouilles
> Tant que le lait en monte aux tettes
>                                    [tétins]
> Et le sang en dévale aux couilles —,

le vieillissement précoce sont autant de responsables souvent cités de la misère sexuelle et de son horreur que suggèrent ou disent très crûment tant de vers du *Testament*. Comme si l'obscénité, si envahissante, les plaisanteries bien grasses, les quelques scènes truculentes des *Contredits de Franc Gontier* ou de la *Ballade de la grosse Margot*, entre autres exemples, jouaient aussi le rôle d'exutoire...

La tentation dès lors est grande — surtout lorsqu'on mesure la présence très forte de l'œuvre de Jean de Meun et de sa continuation du *Roman de la Rose* dans le *Lais* et dans le *Testament* —, de lire celui-ci, à la suite de David Kuhn, comme une sorte de défense des lois naturelles, de dénonciation contre tout et tous ceux qui risquent de les entraver et de compromettre le combat de l'homme contre la fuite du temps et la mort. La tonalité si délibérément sexuelle de la *Ballade finale* invite sans doute à cette lecture. La voix du « je » qui vous/nous demande dans ces derniers vers de suivre, vêtus de la rouge couleur de l'amour, l'enterrement du « pauvre Villon », qui décrit son ultime errance amoureuse et qui informe un « prince, gent comme émerillon » (vif et ardent comme un faucon à prendre son vol), du dernier geste du mourant — boire (mais à la santé de qui ?) un coup de gros rouge —, ramasse en quelques vers le défi de l'amant martyrisé, rejeté, dépouillé, mais jusqu'au bout pénétré, percé, ravi — « c'est de quoi nous nous émerveillons » —, par l'ardeur amoureuse.

S'imaginer à l'article de la mort travaillé par les affres du désir/ livré à l'extase de la jouissance, s'offrir au martyre au nom de l'amour, de ce sang bien rouge qu'il réinjecte dans le corps, n'est-ce pas surtout accomplir *in extremis* le rêve fou du huitain XLI : monter « tout vif » aux cieux et nier, le corps ravi par l'ardeur intacte du désir, le scandaleux triomphe de la mort ?

# DOSSIER

# I. CONTEXTES

Les textes ici rassemblés, de contenu et d'origine très disparates, ne composent pas un inventaire des sources et des modèles de la poésie de Villon. Ils tentent plutôt de tisser quelques échos plus ou moins dissonants entre cette poésie et celle de ses prédécesseurs ou contemporains et de donner quelques exemples de la réception de l'œuvre à la fin du xvᵉ siècle et au xvɪᵉ siècle.

## JEAN DE MEUN ET VILLON

Villon cite à deux reprises, aux vers 113-114 et au vers 1178 de son *Testament*, le nom et l'œuvre de Jean de Meun. Il n'y a là rien de surprenant, compte tenu de l'influence qu'ont durablement exercée sur des générations d'écrivains et de poètes du Moyen Âge et au-delà l'œuvre et la pensée de Jean de Meun. On se plaira aussi à imaginer que Villon a eu l'occasion de méditer, dans sa prison de Meung-sur-Loire précisément, sur les œuvres de son prédécesseur... Aux allusions depuis longtemps relevées et commentées par la critique, et en dernier ressort dans l'étude de Tony Hunt, *Villon's Last Will*, on ajoutera ici quelques suggestions.

L'allusion plutôt insolite du vers 6 du *Lais* à Végèce (fin du ɪvᵉ siècle-début du vᵉ ), un écrivain latin spécialiste de l'art militaire, pourrait renvoyer à la traduction qu'a faite Jean de Meun en 1284 de l'*Epitoma rei militaris* de cet auteur sous le titre de *Livre de Chevalerie*. Quant aux vers 847-848 du *Testament :*

> Toute chose, se par trop n'erre,
> Volontiers en son lieu retourne,

où l'on reconnaît en général un écho de la doctrine aristotélicienne telle qu'elle était enseignée à l'Université, ils semblent très proches d'un passage de la *Consolation de la Philosophie* de Boèce :

147

Toute chose cherche à retrouver ses origines,
Et d'y revenir toujours elle se réjouit ;
Elle n'admet de parcours durable
Que celui qui relie à la fin l'origine
À l'intérieur d'un cible inébranlable

**et dont Jean de Meun avait donné la traduction suivante :**

Toutes chosez requierent leur propre recors et s'esjoïssent chascunes chosez de retourner a leur nature, ne nulle ordenance n'est bailliee aus chosez fors que ce qui joint leur commencement a leur fin et qui fait le tour de elles meismes estable si que il ne se mue de sa propre nature

une traduction plus accessible que le texte original, et à laquelle Villon aurait bien pu directement recourir. Et on sera bien sûr tenté de trouver également dans cette traduction la « **source** » la plus évidente (et surtout la plus facile d'accès pour un poète même passé par l'école) des longs reproches que Fortune adresse au poète et qu'elle adressait déjà au philosophe latin, ou du thème de l'« *Ubi sunt ?* »[1].

Comme la plupart des auteurs de son temps, Villon a également repris au *Roman de la Rose* des éléments devenus traditionnels de la satire des moines mendiants[2] et du discours misogyne et on a depuis longtemps rapproché *Les regrets de la belle Hëaumière* et la leçon qu'elle dispense à ses « filles » des « regrets » de la Vieille longuement mise en scène par Jean de Meun et des enseignements qu'elle dispense à Bel Accueil[3].

En revanche, et comme l'a justement souligné J. Dufournet[4], il semble difficile d'adopter telle quelle la

1. *Consolation de la Philosophie*, trad. Colette Lazam, Rivages poche, 1989. Inédite, la traduction de ce texte par Jean de Meun est citée d'après le texte établi par D. Billotte (thèse de l'Université de Lausanne, 1996).

2. Voir T. Hunt, *op. cit.*, p. 143-145.

3. Voir le *Roman de la Rose*, éd. cit., v. 12744-14550 et extrait reproduit p. 162-164.

4. Voir *Villon et sa fortune littéraire*, *op. cit.*, p. 95-99.

thèse de D. Kuhn qui, dans son étude sur *La poétique de François Villon,* inscrit l'œuvre de Villon dans la tradition du courant philosophique de l'École de Chartres, principalement représenté par Alain de Lille et par Jean de Meun, et qui fait de Villon le porte-parole, jusqu'au martyr, à l'érection triomphante sur laquelle s'achève le *Testament,* des forces naturelles, de la fécondité, dressées contre toutes les formes de perversité qu'incarneraient alors Thibaut d'Aussigny et ses tristes acolytes.

## QUELQUES MODÈLES ET CONTRE-MODÈLES

### VARIATIONS SUR LE THÈME : *JE MEURS DE SOIF...*

**Le modèle : Charles d'Orléans (1394-1465), ballade 75.**

*Ballades et rondeaux*, éd. J.-Cl. Mühlethaler, Livre de Poche, Coll. « Lettres gothiques », 1992, p. 238-241.

1 Je meurs de soif en couste* la    * à côté de
    fontaine,
Tremblant de froit ou feu des
    amoureux ;
Aveugle suis et si* les autres    * et pourtant
    maine ;
4 Pouvre de sens, entre saichans    * savant entre les savants
    l'un d'eulx* ;
Trop negligent, en vain souvent
    songneux*.    * soigneux
C'est de mon fait une chose    * Mes affaires, c'est comme si on
    faiee* ;    leur avait jeté un sort
En bien et mal par Fortune menee.

8 Je gaingne temps et pers mainte
    sepmaine ;
Je joue et ris quant me sens
    douloreux ;
Desplaisance j'ay d'esperance
    plaine ;

J'atens bon eur* en regret       * le bonheur
   engoisseux*,                 * tourmenté par le regret
12 Rien ne me plaist et si suis desi-
   reux ;
Je m'esjoïs et cource a ma pen-    * et me chagrine de ma pensée
   see*,
En bien et mal par Fortune
   menee.

Je parle trop et me tais a grant
   paine ;
16 Je m'esbaÿs et si suis courai-
   geux ;
Tristesse tient mon confort en
   demaine* :                   * en son pouvoir
Faillir ne puis au mains a l'un
   des deulx.
Bonne chiere je faiz quant je me
   deulx* ;                      * quand je souffre
20 Maladie m'est en santé donnee,
En bien et mal par Fortune
   menee.

### L'envoy

Prince, je dy que mon fait
   maleureux
Et mon prouffit aussi avanta-
   geux
24 Sur ung hasart j'asserray        * une année, je les risquerai au
   quelque annee*,              jeu du hasard
En bien et mal par Fortune
   menee.

**L'écho : Charles d'Orléans, ballade 94.**

*Ibid.*, p. 276-279.

1 Je n'ay plus soif, tairie est la fontaine ;
Bien eschauffé, sans le feu amoureux,
Je voy bien cler, ja ne fault c'on
me maine* ;                               * il ne faut pas qu'on me conduise
4 Folie et Sens me gouvernent
tous deux ;
En nonchaloir resveille som-           * encore endormi, je me réveille,
meilleux* :                              détaché de tout
C'est de mon fait une chose
meslee,
Ne bien ne mal, d'aventure
menee.

8 Je gaigne et pers, m'escontant
par sepmaine* ;                         * m'endettant chaque semaine
Ris, jeus, deduiz, je ne tiens
conte d'eulx ;
Espoir et Dueil me mettent hors
d'alaine ;
Eur, me flatent*, si m'est trop        * tout en me flattant
rigoreux.
12 Dont vient cela que je ris et me
deulz ?
Esse* par sens ou folie esprou-        * Est-ce
vee,
Ne bien ne mal, d'aventure
menee ?

Guerdonné suis de malleureuse         * On m'offre des cadeaux de mal-
estraine* ;                            chance
16 En combatant je me rens cou-
raigeux ;

151

Joye et Soussy m'ont mis en
   leur demaine* ;                              * m'ont pris en leur pouvoir
Tout desconfit, me tiens au ranc
   des preux :
Qui me saroit desnoer tous ses
   neuz ?
20 Teste d'assier y fauldroit, fort
   armee,
Ne bien ne mal, d'aventure
   menee.


             Prince


Veillesse fait me jouer a telz
   jeux,
Perdre et gaingner, et tout par
   ses conseulx* ;                              * conseils
24 A la faille j'ay joué ceste annee,
Ne bien ne mal, d'aventure
   menee.


TESTAMENTS AMOUREUX

**Alain Chartier (vers 1385-1395-1430), *La Belle Dame sans
merci* (1424).**

In *Poèmes*, éd. J. Laidlaw UGE, 10/18, coll. « Bibliothèque médiévale », 1988,
p. 158-159.

I       Nagaires, chevauchant, pensoye
        Com home triste et doloreux,
        Au dueil ou il fault que je soye
   4    Le plus dolent des amoureux,
        Puis que, par son dart rigoreux,
        La mort me tolly ma maistresse
        Et me laissa seul, langoreux
   8    En la conduite de Tristesse.

II      Si disoye : « Il fault que je cesse
        De dicter et de rimoyer,
        Et que j'abandonne et delaisse

12 Le rire pour le lermoyer.
La me fault le temps employer,
Car plus n'ay sentement në aise,
Soit d'escrire, soit d'envoyer
16 Chose qu'a moy në autre playse.

III   Qui vouldroit mon vouloir contraindre
A joyeuses choses escrire,
Ma plume n'y savroit actaindre,
20 Non feroit ma langue a les dire.
Je n'ay bouche qui puisse rire
Que les yeulx ne la desmantissent,
Car le cuer l'envoyroit desdire
24 Par les larmes qui des yeulx yssent.

IV   Je laysse aux amoreux malades
Qui ont espoir d'alegement
Faire chançons, diz et balades,
28 Chascun a son entendement,
Car ma dame en son testament
Print a la mort, Dieu en ait l'ame,
Et emporta mon sentement
32 Qui gist o elle soubs la lame.

V    Desormais est temps de moy tayre,
Car de dire suis je lassé.
Je vueil laissier aux autres faire :
36 Leur temps est ; le mien est passé.
Fortune a le forcier* cassé                    * coffre-fort
Ou j'espargnoye ma richesse
Et le bien que j'ay amassé
40 Ou meilleur temps de ma jennesse.

VI   Amours a gouverné mon sens :
Se faulte y a, Dieu me pardonne ;
Se j'ay bien fait, plus ne m'en sens,
44 Cela ne me toult ne me donne*,            * ne m'enlève ni ne
Car au trespas de la tresbonne              me donne rien
Tout mon bienfait se trespassa*.            * disparut
La mort m'assit ilec la bonne*              * la borne
48 Qu'onques puis mon cuer ne passa. »

**Pierre de Hauteville (1376-1448),** *La Confession de l'amant trespassé de deuil* (entre 1441 et 1447).

Éd. Rose M. Bidler, CERES, Montréal, Inedita et Rara 1, 1982, p. 56-59. Droits Réservés.

### Des Laiz

CXL   835 Je laisse aux pouvres amoureux
Qui sont courcés\* et dou-loureux     \* affligés
En cueur sans en mons-trer semblant
Faire rondeaulx aventu-reux,
Rire et puis pleurer a tout yeulx,
  840 Puis entrer en fievres tramblant.

CXLI    Aux autres plus griefve-ment malades,
Qui en faisant leurs em-bassades
Ont esté chassés par Dangier,
Laisse envoier virlas\*, balades,     \* virelais
  845 Et faire voustes et astrades\*     \* voltes et culbutes
Pour par despit eulx en venger.

CXLII    Je laisse aux amoureux ardans
De nuyt estre aux huys actandans
Que on mecte en sault les marjolaines ;

850 Illec de froit clacquer des
        dans,
     Puis heurter sans entrer
        dedans,
     Escoutans lever les
        advoines.

CXLIX  Je laisse aux amoureulx
          transis
     890 Jecter l'ueil tousjours es
          chassis
       Pour veoir par les trous et
          touranges
       Celle ou leur cueur si est
          assis,
       Puis, c'elle leur rit, estre
          transis
       Et rire atout par eulx aux
          anges.

CL   895 Item, laisse aux descon-
            fortez,
         Qui par Faulx Rappors
            despointez*                    * rejetés
         Ont esté sans cause et
            raison,
         Pleurer larmes de tous
            coustés
         Et tourner mençonges en
            verités
     900 Pour exaulcer leur oroi-
            son.

CLII     Item, a ces nobles vas-
            saulx,
         Je laisse en l'air faire les
            saulx,
         Fringuer* devant leur          * folâtrer
            dame et bruire* ;            * faire du bruit

910 Dancer et faire mains
assaulx,
Puis prandre baisiers en
tressaulx*,                    * brusquement
Car a telz gens riens ne
peut nuyre.

CLIII  A ces amoureulx de vil-
laige
Je laisse au bras porter la
targe*                         * le bouclier
915 Et au bonnet ung bou-
quet gay,
Saulter, dancer et faire
raige,
Marcher l'un pas court
l'autre large
Et crier aprés « oupe
gay ! »

CLIV  A ces varletz dimanche-    * À ces jeunes gens endiman-
retz*                          chés
920 Que l'en appelle dance-
rez*,                          * danseurs
Je leur laisse aux nopces
servir
Femmes grosses de coter-
retz*,                         * mesures de vin
Dire : « Que vous fault ?
vous l'arez »,
Car ils en sçavent bien      * car ils savent bien comment
chevir*.                       faire

### Charles d'Orléans, ballade 70

In *Ballades et rondeaux*, op. cit., p. 194-197.

1 Puis que Mort a prins ma mais-
tresse
  Que sur toutes amer souloye*,       * que j'aimais plus que tout autre
  Mourir me convient en tristesse.
4 Certes, plus vivre ne pourroye ;
  Pource, par deffautte de joye,
  Tresmalade, mon testament
  J''ay mis en escript doloreux,
8 Lequel je presente humblement
  Devant tous loyaulx amoureux.

  Premierement, a la haultesse
  Du dieu d'Amours donne et
     envoye
12 Mon esperit, et en humblesse
  Lu[i] supplie qu'il le convoye
  En son paradis et pourvoye*,       * et en prenne soin
  Car je jure que loyaument
16 L'a servi de vueil desireux ;
  Advouer le puis vrayement
  Devant tous [loyaux amoureux.]

  Oultre plus* vueil que la       * en plus
     richesse
20 Des biens d'Amours qu'avoir
     souloye
  Departie soit a largesse
  A vrais amans ; et ne vouldroye
  Que faulx amans par nulle voye
24 En eussent part aucunement :
  Oncques n'euz amistié a eulx,
  Je le prans sur mon sauvement*       * je le garantis sur mon salut
  Devant tous loyaux amoureux.

#### L'envoy

28 Sans espargnier or ne mon-
       noye,
   Loyauté veult qu'enterré soye
   En sa chappelle grandement,
   Dont je me tiens pour bien
       eureux
32 Et l'en mercie chierement
   Devant tous loyaux amoureux.

**Sur le thème des adieux à l'amour, une variante un peu leste, qui ouvre _Le Parnasse satyrique du quinzième siècle : Sans point mentir de mon povre courtault_ [1].**

Éd. M. Schwob, Paris, E. Welter, 1905, p. 53.

   Sans point mentir de mon povre courtault
   Que j'ay longtemps abrevé froit et chault
   Et bien souvent logié en froide estable,
   Le povre, las ! est recreu sur le sable :
15 De servir plus en crouppe ne luy chault.

   Las ! je l'ay veu porter la teste hault
   Et cloquer culz roidement en soursault,
   Bordez ou non de gueulles ou de sable [2]
   Sans point mentir.

10 Aspre a esté et vif a ung assault.
   Mais maintenant le douloureux marpault*          * le pauvre hère
   Devient retif, percluz et miserable ;
   Sy a il dos assés ferme, et bon rable :
   Mais au travail la puissance luy fault
15 Sans point mentir.

   1. Employé ici au sens de « sexe masculin », _courtaud_ désigne au sens propre un cheval dont on a coupé la queue et les oreilles.
   2. _Sable_, qui désigne le noir, couleur de la zibeline, et _gueules_, qui désigne la couleur rouge de l'écu, et aussi de petits morceaux de fourrure découpés dans la gorge d'un animal, appartiennent tous deux au vocabulaire de l'héraldique...

# RAT DES VILLES OU RAT DES CHAMPS ?

**Les œuvres de Philippe de Vitry (vers 1285-1295-1361), évêque de Meaux, sont tombées dans l'oubli peu de temps après sa mort, à l'exception de son *Dit de Franc Gontier,* éloge de la vie heureuse que mène le paysan qui vit librement au sein de la nature[1].**

Éd. A. Piaget, *Romania,* vol. XXVII, 1898, p. 63-64.

1 Soubx feuille vert, sur herbe delitable,
   Lez ru* bruiant et prez clere fontaine,       * ruisseau
   Trouvay fichee une borde portable*.        * une cabane roulante
4 Ilec mengeoit Gontier o dame Helayne
   Fromage frais, laict, burre, fromaigee*,   * fromages mélangés
   Craime, matton*, pomme, nois, prune, poire,   * lait caillé
   Aulx et oignons, escaillongne froyee*   * échalote pilée
8 Sur crouste bise, au gros sel, pour mieulx boire.

   Au goumer burent*, et oisillon harpoient   * Ils burent dans un pot
   Pour resbaudir et le dru et la drue*   * Pour réjouir l'amant et l'amante
   Qui par amours aprés s'entre-basoient
12 Et bouche et nez, polie et bien barbue.

1. Voir G. Angeli, « *Franc Gontier,* da Philippe de Vitry a François Villon », *Mélanges G. Antonini,* Vérone, 1996, p. 67-74.

Quant orent prins le doulx més
    de Nature,
Tantost Gontier, haiche au col,
    ou boys entre ;
Et dame Helayne si met toute
    sa cure*                           * sa peine
16 A ce buer qui queuvre dos et    * à laver ce qui couvre dos et
    ventre*.                            ventre

J'oÿ Gontier, en abatant son
    arbre,
Dieu merciét de sa vie seüre* :    * tranquille
« Ne scay, dit-il, que sont
    pilliers de marbre,
20 Pommeaux luisans, murs ves-
    tus de paincture ;
Je n'ay paour de traïson tissue
Soubz beau semblant, ne
    qu'empoisonné soye
En vaisseau d'or*. Je n'ay la    * en coupe d'or
    teste nue
24 Devant thirant, ne genoil qui s'i
    ploye.

Verge d'uissier jamais ne me
    deboute*                        * ne me repousse
Car jusques la ne m'esprent
    convoitise,
Ambicion ne lescherie gloute*.    * gloutonne
28 Labour me paist en joieuse    * Mon travail me nourrit dans une
    franchise*                     joyeuse liberté
Moult j'ayme Helayne et elle
    moy sans faille,
Et c'est assez. De tombel
    n'avons cure. »
Lors je dy : « Las ! serf de court    * un esclave de cour ne vaut rien
    ne vault maille*
32 Mais Franc Gontier vault en or    * vaut son pesant d'or
    jame pure*. »

160

# ÉLOGE DE PARIS

**Eustache Deschamps (1346-1406), Ballade sur Paris (CLXIX).**

*Œuvres complètes*, éd. Queux de Saint-Hilaire et G. Raynaud, Didot (SATF), 1878-1904, t. I, p. 301-302. Droits Réservés.

I    Quant j'ay la terre et mer
      avironnee*,              \* parcouru
    Et visité en chascune partie
    Jherusalem, Egipte et Galilée,
    Alixandre*, Damas et la Surie,    \* Alexandrie
5  Babiloine, le Caire et Tartarie,
    Et tous les pors qui y sont,
    Les espices et succres qui
      s'y font,
    Les fins draps d'or et soye
      du pays,
    Valent trop mieulx* ce que    \* bien mieux
      les François ont :
10 Riens ne se puet comparer a
      Paris.

II    C'est la cité sur toutes cou-
      ronnée,
    Fonteine et puis* de sens et    \* puits
      de clergie*.                  \* culture
    Sur le fleuve de Saine située :
    Vignes, bois a*, terres et      \* elle a
      praerie,
15 De touz les biens de ceste
      mortel vie
    A plus qu'autres citez n'ont :
    Tuit estrangier l'airnent et
      ameront.
    Car, pour déduit* et pour    \* distraction
      estre jolis*,                \* joyeux
    Jamais cité tele ne trouveront :
20 Riens ne se puet comparer a
      Paris.

III    Mais elle est bien mieulx que
       ville fermee.*             * fortifiée
    Et de chasteaulx de grant
       anceserie*               * ancienneté
    De gens d'onneur et de mar-
       chans peuplee ;
    De touz ouvriers d'armes,
       d'orfavrerie ;
25 De touz les ars c'est la flour,
       quoy qu'on die :
    Touz ouvraiges a droit* font ;   * selon la bonne manière
    Subtil engin*, entendement    * esprit
       parfont*               * profond
    Verrez avoir aux habitans
       toudis* ;                * toujours
    Et loyaulté aux euvres qu'ilz
       feront :
30 Riens ne se puet comparer a
       Paris.

---

## LE TEMPS DES REGRETS

**Jean de Meun, le *Roman de la Rose* (1274).**

Éd. et trad. par A. Strubel, Livre de Poche, coll. « Lettres gothiques », 1992, v. 12765-12860.

Sachez que si j'avais été quand j'avais votre âge, en matière de jeux de l'amour, aussi savante que je le suis maintenant — car à l'époque j'étais d'une extrême beauté ! Mais aujourd'hui je suis réduite à me plaindre et à gémir quand je contemple mon visage qui a perdu ses charmes, quand je vois qu'inévitablement il va se rider et que je me souviens de ma beauté qui faisait bondir les jeunes gens ! Je les faisais se démener tant, que c'en était pure merveille ! Mon renom était, alors, exceptionnel : partout courait la renommée de ma grande beauté réputée ; il y avait en ma maison une foule telle que jamais homme n'en a vu. Que de fois on frappait la nuit à ma porte ! J'étais bien dure envers mes soupirants quand je manquais aux promesses que je leur avais faites, et la chose m'arrivait fort souvent, car j'avais d'autre compagnie ; mainte folie était commise pour cette raison, à mon grand mécontentement : souvent ma porte s'en trouvait cassée, et se produisaient à maintes reprises des mêlées si confuses qu'avant qu'elles ne fussent démêlées, les combattants y perdaient leurs membres et leur vie, par haine et par jalousie, tant il arrivait de disputes [...]

J'étais belle, jeune, naïve et folle et je n'avais jamais suivi l'école d'Amour, où l'on eût connu la théorie — tandis que moi je connais tout par la pratique : c'est l'expérience qui m'a rendue sage, cette école que j'ai fréquentée toute ma vie durant. Maintenant je connais parfaitement le sujet, et il ne serait pas juste que je manque de vous enseigner les bonnes connaissances que j'ai, puisque j'en ai une si longue expérience. C'est une bonne chose que de conseiller les jeunes. Incontestablement, ce n'est pas étonnant si vous n'en savez pas le moindre bout, car vous êtes encore trop béjaune.

Mais les choses sont telles que moi, je n'ai jamais eu de cesse avant que de posséder, à la fin, cette science que je pourrais bien enseigner en chaire : tout ce qui est d'un âge avancé ne mérite pas d'être fui ou méprisé ; c'est là qu'on trouve l'intelligence et l'expérience. C'est ce qu'on a bien pu vérifier avec bon nombre d'hommes, qu'au moins il leur reste au bout du compte l'intelligence et l'expérience pour ménager leur bien, quel que soit le prix qu'ils l'aient acheté. Et depuis que je possède l'intelligence et l'expérience, que je n'ai pas acquises sans grand dommage, j'ai trompé maint homme de valeur, quand il était tombé dans mes filets et que je le tenais ; mais j'avais été moi aussi dupée par plus d'un avant de m'en être aperçue. C'était trop tard, malheureuse que j'étais ! J'étais déjà sortie de ma jeunesse. Ma porte qui jadis si souvent s'ouvrait et qui travaillait jour et nuit, se tenait fort près du seuil, et je pensais en moi-même : « Personne n'est venu ici aujourd'hui, personne n'y est venu hier, pauvre de moi ! Il me faut vivre désormais dans la tristesse. » Mon cœur aurait dû se déchirer de douleur ! Alors je voulus quitter le pays, en voyant ma porte aussi inactive, et moi-même je me cachai car je ne pouvais supporter une telle honte. Comment aurais-je pu continuer à vivre quand venaient ces beaux jeunes gens qui jadis m'avaient tant chérie qu'ils ne pouvaient se lasser de moi, et que je voyais maintenant passer, me jetant un regard de côté, alors que jadis ils avaient été mes chers hôtes ? Devant moi ils s'en passaient, gambadant, sans m'estimer même la valeur d'un œuf. Même celui qui jadis m'avait aimée le plus, me traitait tout haut de vieille ridée ; et chacun renchérissait encore avant d'avoir passé son chemin.

**Michault Taillevent, *Le Passe-Temps* (vers 1440).**

In *Un poète bourguignon du XVᵉ siècle. Michault Taillevent*, éd. R. Deschaux, Genève, Droz, 1975, p. 151-153.

LXI     Se povre suis, c'est ma
          desserte* :          * je le mérite
    Je n'ay point au temps
          entendu,
    J'ay semé en terre
          deserte,
424   A cueillier ay trop attendu.
    Oyseuse ses las a tendu*     * Oisiveté a tendu ses filets
    Sur moy, je m'y suis
          endormis.
    Chacun n'a pas chap-     * Chacun ne naît pas couronné
          peau d'or mis*.      d'or

LXII  428 J'ay laissié temps passer
          et courre,
          A nonchalloir m'ay      * Je me suis laissé aller à l'insou-
          asservy*,                ciance
          Venus suys aux nappes
          escourre
          Et quant on a tout des-
          servy.
     432 Au fort, ce j'ay bien des-
          servy,
          Se confort n'est, se rest  * Du moins il reste la pitié
          pité*.
          Sy bon n'est mort que     * Pas de plus heureux que le mort
          respité*.                  en sursis.

LXIII     Prin temps qui les beaulx
          jours amaine
     436 Et fait les belles flours
          flourir,
          Et Esté qui tient en
          demaine*                  * en son pouvoir
          Tout ce qui fait les biens
          meurir*,                   * mûrir
          Ay passé jusqu'a flours
          mourir :
     440 Couvers n'en voy plus les
          champeaulx*.               * petits champs
          Qui a des flours il a chap-
          peaulx.

LXIV      Helas ou est avril et may
          Qui me solloit joye appor-
          ter !
     444 Je n'ay au cuer sy non
          esmay*                     * souci
          Qui ne me laisse deporter*,  * me distraire
          Car je me voy sans depor-  * sans attendre
          ter*

                                                          165

Fort enviellir, dont je me
    dueil :
448 De vielle joye nouveau
    dueil.

LXV    Des biens deusse avoir
        assamblé
    Pour mes vieux jours et
        mis en grange ;
    Or suys sans avaine et
        sans blé,
452 Qui ma dollour croit et
        engrange*.        * augmente
    Toute richesse m'est
        estrange,
    De Povreté ay les exfruis :
    Qui arbre n'a ne cuelt
        grans fruis.

LXVI 456 Hé autompne, saison
        tresnoble,
    Saison qu'on ne puet trop
        louer,
    Plaine de blés et de
        vignoble
    Pour ses jours en joye
        allouer,
460 Sans riens en mes
        marches louer
    Je t'ay passé et l'iver entre :
    De vuit* garde mengier    * vide
        vuyt ventre.

LXVII    A l'iver qui est grans et
        frois
464 Suis venu ; hors de joye
        j'is,*        * je sors
    Dont je doubte les grans
        effrois

Qui porront courre en
mon logis
Car en ung hostel loge et
gis
468 Ou de toutes pars bise
vente :
Ou riens n'a, tout est mis a
vente*.

* Là où il n'y a rien, tout doit être
acheté

LXVIII    De mon fait me doubte
forment*
Car povre et dolloureux
viellart
472 Qui n'a pain ne fleur ne
fourment
Ne se puet aidier de viel
art.
Se j'eusse des pois et du
lart,
Je fusse bien en mon
retrait :
476 Qui est sage, a temps se
retrait.

* J'éprouve de l'inquiétude sur
mon sort

# LE TRIOMPHE DE LA MORT

**Hélinand de Froidmont,** *Vers de la mort* **(entre 1194 et 1197).**

Trad. M. Boyer et M. Santucci, Champion 1983, p. 80-81 et 88-89.

XXI Morz, tu abaz a un seul tor
   Aussi le roi dedenz sa tor
 3 Com le povre dedenz son toit :
   Tu erres adès sanz sejor
   Por chascun semondre a son jor
 6 De paier Dieu trestot son droit.
   Morz, tu tiens tant l'ame en destroit
   Qu'ele ait paié quanqu'ele doit,
 9 *Sanz* nul restor et sanz retor.
   Por c'est fous qui sor s'ame acroit,
   Qu'ele n'a gage qu'ele ploit,
 12 Puis qu'ele vient nue a l'estor.


XXII Morz, mout as bien assis le monde
   De totes parz a la reonde :
 3 Tu lieves sor toz ta baniere,
   Tu ne trueves qui te responde
   Ne par force ne par faconde,
 6 Tant par as espoentant chiere.
   Tu nos assauz en tel maniere :
   De près jetes a la perriere,
 9 De loing menaces a la fonde.
   Tu tornes ce devant derriere,
   Car primeraine fais la biere
 12 Qu'en atendoit tierce o seconde.


XXIX Que vaut biautez, que vaut richece,
   Que vaut honeurs ? que vout hautece,
 3 Puis que morz tot a sa devise
   Fait sor nos pluie et secherece,
   Puis qu'ele a tot en sa destrece,
 6 Quanqu'en despist et quanqu'en prise ?

XXI    Mort, tu abats d'un seul coup
      Aussi bien le roi dans sa tour
      Que le pauvre sous son toit :
      Tu marches continuellement sans t'arrêter
      Afin de faire comparaître chacun
      Pour payer à Dieu son dû intégralement.
      Mort, tu étreins l'âme angoissée
      Jusqu'à ce qu'elle ait payé toute sa dette
      Sans nul escompte et sans décompte.
      Aussi est-il fou celui qui emprunte sur son âme,
      Car elle n'a rien à mettre en gage,
      Puisqu'elle arrive nue au combat.

XXII    Mort, tu as fort bien assiégé le monde
      En l'encerclant de toutes parts :
      Tu lèves sur tous ta bannière,
      Tu ne trouves personne pour te résister
      Par la force ou par la parole,
      Tant ton visage est effrayant.
      Voici comment tu nous assailles :
      De près, tu nous attaques avec le pierrier,
      De loin, tu nous menaces avec la fronde.
      Tu places derrière ce qui est devant
      Car tu fais venir en premier la bière
      Qu'on n'attendait que la seconde ou la troi-
         sième.

XXIX    Que vaut la beauté, que vaut la richesse
      Que vaut la gloire, que vaut la grandeur,
      Puisque la mort, tout à sa guise,
      Fait la pluie et le temps sec,
      Puisqu'elle serre tout entre ses bras,
      Tout ce qu'on dédaigne et tout ce qu'on apprécie ?

Qui paor de mort a jus mise,
C'est cil cui la morz plus atise
9 Et vers cui ele ançois s'adrece.
Cors bien norriz, chars bien alise
Fait de vers et de feu chemise :
12 Qui plus s'aaise plus se blece.


XXX     Morz prueve, et je de riens n'en dot,
Qu'autant ne vaille peu com mot
3 De tote rien qui muert et seche.
Morz mostre que noient est tot,
Et quanque glotonie englot
6 Et quanque lecherie leche.
Morz fait que li sainz hom ne peche,
Por ce que riens ne li conteche
9 O ele puist doner un bot.
Morz met a un pris grange et creche,
Vin et iaue, saumon et seche ;
12 Morz dit a totes aises « tprot ».

Celui qui a refoulé sa peur de la mort
C'est celui-là qui excite le plus la mort,
Aussi va-t-elle vers lui d'abord.
Un corps bien nourri, une peau bien douce
Vous font une chemise de vers et de feu :
Plus on prend ses aises, plus on se blesse.

xxx La mort prouve, et je n'en doute point
Que de toute chose qui meurt et se dessèche
Valent autant peu et beaucoup.
La mort montre que tout est néant,
Et tout ce que la gloutonnerie engloutit
Et tout ce que la gourmande langue lèche.
C'est la mort qui incite l'homme saint à ne pas
    pécher
Parce qu'aucune chose ne l'attire
Par où elle puisse l'atteindre de ses coups.
Pour la mort, ont le même prix ferme et crèche,
Vin et eau, saumon et seiche ;
La mort dit à tous les plaisirs : « Peuh ! ».

**Pierre de Nesson (1383 avant 1442-1443), *Vigiles des
morts.***

Transcription originale d'après le fac-similé publié par A. Piaget et E. Droz, *Pierre de
Nesson et ses œuvres*, Documents artistiques du xv<sup>e</sup> siècle, Paris, 1925.

Hé, corps, t'a Job bien devisé
Comment tu es organisé
Et fait de tres orde merrien*.                    * très vile matière
Tu nays et puys tu te nourris,
Tu visz, puys meurs et puys pourris,
Et après ce, tu n'es plus rien.

Des que tu commences a estre,
Tu taches* comme ton ancestre                    * tu t'efforces
Tous les jours a neant devenir.
On ne t'en doie mie tancer* :                     * On ne doit pas te
Tu ne t'en peux plus avancer,                     le reprocher
Tu vais tousjours sans revenir.

Or regardons la pugnaisie*                              * la mauvaise odeur
Qui de toy yst* durant ta vie :                         * sort
Va veoir en ces chambres coyes*                         * lieux retirés
Les ordures que les corps pissent
Ne de quoy les corps se remplissent
Ne de quoy y sont les montioyes*.                       * entassements

Helas ! quant les arbres florissent,
Des belles odorans fleurs yssent
Le fruit savoureux qu'on mangeuë*.                      * qu'on mange
Mais de toy n'yst que tout'ordure,
Morveaux, crachatz et pourriture,
Fiante puant et corrompue.

Ne dont te vient la hardiesse
D'avoir une seule liesse,
A toy qui scés certainement
Que tu ne peux longuement vivre,
Car la mort ne te fait que suivre
Et t'aura trés prochainement ?

Et lors quant tu trespasseras,
Des le jour que mort tu seras,
Ton orde chair commencera
A rendre pugnaise pueur*.                               * une horrible puan-
Que ne gouttes tu de sueur                              teur
Quant tu penses que ce sera ?
[...]
O tres tenebreuse maison,
O charoigne qui n'es plus hom,
Qui te tiendra lors compaignie ?
Ce qui ystra* de ta liqueur,                            * sortira
Vers engendrez de ta pueur,
De ta vil chair encharoignee.

Hé, sac a fiens puant, helas !
Quel piteux doleureux soulas !
Quelle terrible fin de vie !
Qu'est devenue ta pouvre ame ?

Ou sont tes enfans ne ta femme
Ne toute ta belle maignie* ?                    * maisonnée

O vous, qui de present vivez
Et cest' orde fin poursuivez,
Pour Dieu, vueille vous souvenir
Que toutes les heures du jour,
Vous vous avancez sans sejour*                  * sans répit
De tel charoigne devenir !

## DES *REPUES FRANCHES* À RABELAIS ET MAROT

**L'image d'un *bon folâtre* (*Test.*, v. 1883).**
**Daté par ses éditeurs des environs de 1480, donc de peu postérieur à la « disparition » de Villon, le *Recueil des Repues franches de Maistre François Villon et de ses compagnons,* un texte qui connut un très grand succès, met en scène une série de bons tours, de tromperies d'un goût parfois plus que douteux, mais où se retrouve l'un des thèmes majeurs de l'œuvre du « pauvre Villon », l'obsession d'une nourriture trop souvent hors d'atteinte.**

Éd. J. Koopmans et P. Verhuyck, Droz, 1995, p. 93-95 et 97-98.

*La maniere d'avoir des tripes*
*pour diner*

   Que fist il ? A bien peu de plait*    * À peu de frais
352 S'avisa de grant joncherie* :               * il inventa un très beau coup.
   Il fist laver le cul bien net
   A ung galant, je vous affie,
   Disant : « Il couvient qu'on
     espie* :                                * qu'on fasse le guet
356 Quant seray devant la tripiere
   Montre ton cul par raillerie,
   Puis après nous ferons grant          * Après, nous nous régalerons.
     chiere*. »

Le compaignon ne faillit pas,
360 Foi que doy sint Remi de
    Rains !
    A Petit Pont vint par compas*          * quand il le fallait
    Son cul descouvrit jusque aux
    rains
    Quand maistre Françoys vit ce
    train*                                 * cette affaire
364 Dieu scet si fist piteuses lippes*,    * Dieu sait s'il fit une pitoyable gri-
    Car il tenoyt entre ses mains            mace
    Du foye, du pommon et des
    tripes.

    Comme s'il fust plain de despit
368 Et couroucé amerement
    Il haussa la main ung petit
    Et le frappa bien rudement
    Des trippes par le fondement.
372 Puis, sans faire plus long
    caquet,
    Les voulut tout incontinent.
    Remettre dedens le bacquet.
    La tripiere fust fort courcee*         * très en colère
376 Et ne les voulut pas reprendre.
    Maistre François sans demou-
    ree
    S'an ala sans com[p]te luy
    rendre.
    Par ainsi, vous povez entendre
380 Qu'ilz eurent tripes et poisson.
    Mais aprés, falut du pain
    tendre
    Pour ce diner de grant façon.

    *La maniere d'avoir du vin*

    Aprés qu'il fut fourny de vivres
416 Il fault bien avoir le memoire

Que s'ilz vouloient ce jour estre
  yvres
Il failloit qu'ilz eussent a boire.
Maistre Françoys, devés [le]
  croire,
420 Emprunta deux grans bros de
  bois
Disant qu'il estoit necessaire
D'avoir du vin par ambagoys*.          * par ruse

L'ung fist remplir de belle eaue
  clere
424 Et vint a la Pomme de Pin
Atout ses deux bros, sans ren-
  chiere*,                              * sans difficulté
Demandant s'il avoient bon vin
Et qu'on luy emplist du plus fin,
428 Mais qu'il fust blanc et amoureux.
On luy emplit pour faire fin
D'un tresbon vin blanc de Bai-
  gneux.

Maistre Françoys print les .ii.
  bros
432 L'un emprés l'autre les bouta ;
Incontinent par bon propos
Sans se haster il demanda
Au varlet : « Quel vin esse la ? »
436 Il luy dist : « Du vin de Bai-
  gneux. »
— « Ostez, ostez, ostez cela,
Car, par ma foy, point je n'en
  veux !

Qu'esse cy ? Estes vous
  bejaune* ?                            * sot
440 Vuidez moy mon broc viste-
  ment.

Je demande du vin de Beaune,
Qui soit bon et non autrement ! »
Et en parlant subtilement,
444 Le broc qui estoit d'eau[e]
    plain
[Contre l'aultre secretement]
Luy changea a pur et a plain*.          * complètement

Par ce point ils eurent du vin
448 Par fine force de tromper ;
Sans aller parler au devin
Ilz repeurent, per ou non per,
Mais le beau jeu fut au souper,
452 Car maistre Françoys a bref
    mot
Leur dist : « Je me vueil occu-
    per
Que mengerons ennuyt du
    rost*. »                               * de la viande rôtie

VILLON METTEUR EN SCÈNE : RABELAIS,
*LE QUART LIVRE* (1552)

**L'origine de cette anecdote — Villon entreprend de faire
jouer à Saint-Maixent en Poitou un mystère de la Passion
— est peut-être à chercher dans les huitains CIII-CIV du
*Testament* dans lesquels le poète prétend avoir séjourné
dans cette région. Elle fait aussi écho aux allusions que
l'on a pu relever à une activité théâtrale ou parathéâtrale
du poète[1].**

*Quart Livre*, Gallimard, Folio classique n° 3037, 1998.

> *Comment à l'exemple de maistre*
> *François Villon le seigneur de Basché*
> *loue ses gens*
> *CHAPITRE XIII*

---

1. Voir J. Koopmans, « Villon et le théâtre », dans *Villon hier et
aujourd'hui, op. cit.*, p. 107-119.

« [...] Maistre François Villon sus ses vieulx jours se retira à S. Maixent[1] en Poictou, soubs la faveur d'un home de bien, abbé du dict lieu. Là pour donner passetemps au peuple entreprint faire jouer la passion en gestes* et languaige Poictevin. Les rolles distribuez, les joueurs recollez*, le theatre preparé, dist au Maire et eschevins, que le mystere[2] pourroit estre prest à l'issue des foires de Niort : restoit seulement trouver habillemens aptes aux personnaiges. Les Maire et eschevins y donnerent ordre. Il* pour un vieil paisant habiller qui jouoyt Dieu le pere, requist frere Estienne Tappecoue[3] secretain* des Cordeliers du lieu, luy prester une chappe et estolle. Tappecoue le refusa, alleguant que par leurs statutz provinciaulx estoit rigoureusement defendu rien bailer* ou prester pour les jouans. Villon replicquoit que le statut seulement concernoit farces, mommeries*, et jeuz dissoluz : et qu'ainsi l'avoit veu practiquer à Bruxelles[4] et ailleurs. Tappecoue ce non obstant luy dist peremptoirement, qu'ailleurs se pourveust, si bon luy sembloit, rien n'esperast de sa sacristie. Car rien n'en auroit sans faulte. Villon feist aux joueurs le rapport en grande abhomination, adjoustant que de Tappecoue Dieu feroit vengence et punition exemplaire bien toust.

« " Au Sabmedy subsequent Villon eut advertissement que Tappecoue sus la poultre[5] du couvent* (ainsi nomment ilz une jument non encores saillie) estoit allé en queste à sainct Ligaire, et qu'il seroit de retour sus les deux heures après midy. Adoncques* feist la monstre** de la diablerie[6] parmy

* Actions.
* Ayant répété.

* Villon.

* Sacristain.

* Donner.

* Mascarades.

* Couvent.

* Alors.
** Parade.

1. S. Maixent : localité près de Niort.
2. Le terme de mystère désigne la représentation théâtrale.
3. Tappecoue : « tape-queue », forme phonétique de l'Ouest.
4. Lors d'une des célèbres représentations annuelles des *Sept joies de la Vierge* à Bruxelles.
5. Poultre : terme signifiant « jeune jument » et qui survivra dans les parlers de l'Ouest.
6. La diablerie était une pièce populaire dans laquelle figuraient des diables.

la ville et le marché. Ses diables estoient tous capparassonnez de peaulx de loups, de veaulx, et de beliers, passementées de testes de mouton, de cornes de bœufz, et de grands havetz* de cuisine : ceinctz de grosses courraies* es quelles pendoient grosses cymbales de vaches, et sonnettes de muletz à bruyt horrificque. Tenoient en main aulcuns* bastons noirs pleins de fuzées, aultres portoient longs tizons allumez, sus les quelz à chascun carrefou jectoient plenes poignées de parasine* en pouldre, dont sortoit feu et fumée terrible. Les avoir* ainsi conduictz avecques contentement du peuple et grande frayeur des petitz enfans, finablement les mena bancqueter en une cassine* hors la porte en laquelle est le chemin de sainct Ligaire. Arrivans à la cassine de loing il apperceut Tappecoue, qui retournoit de queste, et leurs dist en vers Macaronicques[1].

* Crochets.
* Courroies.

* Certains.

* Poix-résine.
* Après les avoir.

* Maison
de campagne.

« " Hic est de patria, natus de gente belistra,
Qui solet antiquo bribas portare bisacco[2].

« — Par la mort diene[3] (dirent adoncques les Diables) il n'a voulu prester à Dieu le pere une paoувre chappe : faisons luy paour*.
« " — C'est bien dict (respond Villon). Mais cachons nous jusques à ce qu'il passe, et chargez vos fuzées et tizons. " Tappecoue arrivé au lieu, tous sortirent on chemin au devant de luy en grand effroy* jectans feu de tous coustez sus luy et sa poultre : sonnans de leurs cymbales, et hurlans en Diable.
« " — Hho, hho, hho, hho : brrrourrourrrs, rrrourrrs, rrrourrrs. Hou, hou, hou. Hho, hho, hho : frere Estienne faisons nous pas bien les Diables ? "

* Peur.

* Vacarme.

1. Macaronicques : adjectif appliqué à un « mélange d'italien, de latin, de formes dialectales, de langues étrangères imaginaires ».
2. Voici un homme du pays, né de la race des bélîtres, qui porte des bribes dans un vieux bissac.
3. Par la mort diene : euphémisme pour Mort Dieu.

« " La poultre toute effrayée se mist au trot, à petz, à bonds, et au gualot : à ruades, fressurades*, doubles pedales, et petarrades : tant qu'elle rua bas Tappecoue, quoy qu'il se tint à l'aube du bast de toutes ses forces. Villon voyant advenu ce qu'il avoit pourpensé*, dist à ses Diables. ' Vous jourrez bien, messieurs les Diables, vous jourrez bien, je vous affie*. O que vous jourrez bien. Je despite* la diablerie de Saulmur, de Doué, de Mommorillon, de Langés, de Sainct Espain, de Angiers : voire, par Dieu, de Poictiers avecques leur parlouoire¹, en cas qu'ilz puissent estre à vous parragonnez*. O que vous jourrez bien. ' " [...] »

* Ruades.

* Prémédité.
* Assure.
* Mets au défi.

* Comparés.

UN POÈTE « ÉDITE » UN POÈTE

**Extrait de la préface de Clément Marot à son édition, en 1533, des *Œuvres de Françoys Villon de Paris revues et remises en leur entier par Clément Marot valet de chambre du Roy*. (Transcription en orthographe modernisée.)**

*Œuvres complètes*, éd. Georges Guiffey, t. II, p. 263-270.

Entre tous les bons livres imprimés de la langue française, ne s'en voyait un si incorrect ni si lourdement corrompu que celui de Villon : et m'ébahis (vu que c'est le meilleur poète parisien qui se trouve) comment les imprimeurs de Paris et les enfants de la ville n'en ont eu plus grand soin. Je ne suis (certes) en rien son voisin : mais pour l'amour de son gentil entendement, et en récompense de ce que je puis avoir appris de lui en lisant ses œuvres, j'ai fait à icelles ce que je voudrais être fait aux miennes, si elles étaient tombées en semblable inconvénient. Tant y ai trouvé de brouillerie en l'ordre des couplets et des vers, en

---

1. La Passion mise en scène par J. Bouchet fut représentée en 1534 dans le *parloir aux bourgeois*, grande salle de l'hôtel de ville.

mesure, en langage, en la rime et en la raison, que je ne sais duquel je dois plus avoir pitié, ou de l'œuvre ainsi outrement gâtée, ou de l'ignorance de ceux qui l'imprimèrent [...]

Toutefois, partie avec les vieux imprimés, partie avec l'aide des bons vieillards qui en savent par cœur, et partie par deviner avec jugement naturel, a été réduit notre Villon en meilleure et plus entière forme qu'on ne l'a vu de nos âges, et ce sans avoir touché à l'antiquité de son parler, à sa façon de rimer, à ses mêlées et longues parenthèses, à la quantité de ses syllabes, ni à ses coupes, tant féminines que masculines [...]

Quant à l'industrie des lais qu'il fit en ses testaments, pour suffisamment la connaître et entendre, il faudrait avoir été de son temps à Paris, et avoir connu les lieux, les choses et les hommes dont il parle : la mémoire desquels tant plus se passera, tant moins se connaîtra icelle industrie de ses lais dits. Pour cette cause, qui voudra faire une œuvre de longue durée ne prenne son sujet sur telles choses basses et particulières. Le reste des œuvres de notre Villon (hors cela) est de tel artifice, tant plein de bonne doctrine et tellement peint de mille belles couleurs, que le temps, qui tout efface, jusques ici ne l'a su effacer : et moins encore l'effacera ore et d'ici en avant, que les bonnes écritures françaises sont et seront mieux connues et recueillies que jamais [...]

Et, si quelqu'un, d'aventure veut dire que tout ne soit racoûtré ainsi qu'il appartient, je lui réponds dès maintenant que, s'il était autant navré en sa personne comme j'ai trouvé Villon blessé en ses œuvres, il n'y a si expert chirurgien qui le sût panser sans apparence de cicatrice.

# II. QUELQUES LECTURES MODERNES ET CONTEMPORAINES

L'édition publiée en 1832 par l'abbé J.-H. R. Prompsault des *Œuvres de maistre François Villon* (réimprimée en 1835), première édition critique depuis celle de Marot, a fait l'objet, en son temps, de critiques sévères. Elle n'en a pas moins heureusement relancé l'intérêt pour le poète auprès des écrivains romantiques[1]. Un intérêt dont Théophile Gautier se fait l'écho en consacrant dès 1834 (dans *La France littéraire*) une étude aussi brillante qu'enlevée sur Villon, qu'il reprendra en 1844 dans *Les Grotesques*. Un autre et très admiratif témoignage de l'intérêt des écrivains romantiques pour Villon, de leur dette à son égard est celui d'Henri Murger dans sa préface aux *Scènes de la vie de bohème* (1851).

## THÉOPHILE GAUTIER : « UNE POÉSIE NEUVE, FORTE ET NAÏVE »

*Les Grotesques, I, François Villon. Œuvres complètes,* Slatkine Reprints, Genève, 1978, t. III.

Villon est à peu près le seul, entre tous les gothiques, qui ait réellement des idées. Chez lui, tout n'est pas sacrifié aux exigences d'une forme rendue difficile à plaisir ; vous êtes débarrassé de ces éternelles descriptions de printemps qui fleurissent dans les ballades et les fabliaux ; ce ne sont pas non plus des complaintes sur la cruauté de quelque belle dame qui refuse d'octroyer le don

1. Sur la réception de Villon au xixᵉ siècle, voir N. Edelman, « La vogue de François Villon en France de 1828 à 1873 », *Revue d'histoire littéraire de la France*, nᵒ 43, 1936, p. 211-339.

d'amoureuse merci : c'est une poésie neuve, forte et naïve ; une muse bonne fille, qui ne fait pàs la petite bouche aux gros mots, qui va au cabaret et même ailleurs, et qui ne se ferait pas scrupule de mettre votre bourse dans sa poche ; car, je dois l'avouer, Villon était passé maître en l'art de la pince et du croc, et parlait argot, pour le moins, aussi bien que français ; notre poëte était un joyeux drôle :

> Sentant la hart de dix lieues à la ronde ;
> Au demeurant, le meilleur fils du monde.

[...]

Villon, ivrogne, goinfre, voleur, n'eût pas été complet s'il n'eût été le chevalier de quelque Aspasie de carrefour : aussi le fut-il, et dans le *Grand Testament* a-t-il fait une ballade qu'il envoie à la *grosse Margot,* l'Hélène dont il était le Pâris. Cette ballade, il m'est impossible de la transcrire ; le cant et la décence de la langue française moderne repoussent les libertés et les franches allures de sa vieille sœur gauloise. C'est grand dommage : jamais plus hardi tableau ne fut tracé par une main plus hardie ; la touche est ferme, accentuée ; le dessin franc et chaud ; ni exagération ni fausse couleur, le mot sous la chose, c'est une traduction littérale ; la hideur lascive ne peut être poussée plus loin, la nausée vous en vient ; la pose de la grosse Margot, ses gestes, ses paroles, sont profondément filles... Elle dit deux mots : l'un est un jurement par la mort de Jésus-Christ, l'autre une expression de tendresse ignoble à vous dégoûter des femmes pendant quinze jours. Cette grosse fille de joie joufflue, pansue, dont les couleurs sont plus rouges que le fard, cette ribaude gorgée de viande et de vin, saoule et débraillée, furieuse, qui crie et hurle, et entremêle ses caresses immondes de baisers avinés et de hoquets hasardeux, est peinte de main de maître en trois ou quatre coups de pinceau. Avez-vous vu quelques-unes des eaux-fortes libertines de Rembrandt : Bethsabée, Suzanne, et surtout Putiphar, mélange inouï de fantastique et de réel ? C'est une chose admirable et dégoûtante ; la nudité est cruelle, les formes sont monstrueusement vraies, et, quoique abominables, ressemblent tellement aux formes les plus choisies des plus charmantes femmes, qu'elles vous font rougir malgré vous : cela est le propre des maîtres de cacher une beauté intime au fond de leurs créations les plus hideuses. — Eh bien ! si vous avez vu une de ces eaux-fortes, vous pouvez vous faire l'idée la plus juste de la figure dessinée par Villon [...].

## HENRY MURGER : AUX ORIGINES DE LA BOHÈME, GRINGOIRE ET VILLON

*Scènes de la vie de bohème*, Gallimard, Folio, 1988, p. 30-31.

À l'époque qui sert de transition entre les temps chevaleresques et l'aurore de la renaissance, la Bohème continue à courir tous les chemins du royaume, et déjà un peu les rues de Paris. C'est maître Pierre Gringoire, l'ami des truands et l'ennemi du jeûne ; maigre et affamé comme peut l'être un homme dont l'existence n'est qu'un long carême, il bat le pavé de la ville, le nez au vent tel qu'un chien qui lève, flairant l'odeur des cuisines et des rôtisseries ; ses yeux, pleins de convoitises gloutonnes, font maigrir, rien qu'en les regardant, les jambons pendus aux crochets des charcutiers, tandis qu'il fait sonner, dans son imagination, et non dans ses poches, hélas ! les dix écus que lui ont promis messieurs les échevins en payement de la *très pieuse et dévote sotie* qu'il a composée pour le théâtre de la salle du Palais de Justice. À côté de ce profil dolent et mélancolique de l'amoureux d'Esméralda, les chroniques de la Bohème peuvent évoquer un compagnon d'humeur moins ascétique et de figure plus réjouie ; c'est maître François Villon, l'amant de *la belle qui fut haultmière*. Poète et vagabond par excellence, celui-là ! et dont la poésie, largement imaginée, sans doute à cause de ces pressentiments que les anciens attribuent à leurs *vates*, était sans cesse poursuivie par une singulière préoccupation de la potence, où ledit Villon faillit un jour être cravaté de chanvre pour avoir voulu regarder de trop près la couleur des écus du roi. Ce même Villon, qui avait plus d'une fois essoufflé la maréchaussée lancée à ses trousses, cet hôte tapageur des bouges de la rue Pierre-Lescot, ce pique-assiette de la cour du duc d'Égypte, ce Salvator Rosa de la poésie, a rimé des élégies dont le sentiment navré et l'accent sincère émeuvent les plus impitoyables, et font qu'ils oublient le malandrin, le vagabond et le débauché, devant cette muse toute ruisselante de ses propres larmes.

Au reste, parmi tous ceux dont l'œuvre peu connue n'a été fréquentée que des gens pour qui la littérature française ne commence pas seulement le jour où « Malherbe vint », François Villon a eu l'honneur d'être un des plus dévalisés, même par les gros bonnets du Parnasse moderne. On s'est précipité sur le champ du pauvre et on a battu monnaie de gloire avec son humble trésor. Il est telle ballade écrite au coin de la borne et sous la gouttière, un jour de froidure, par le rapsode bohème ; telles stances amoureuses improvisées dans le taudis où *la belle qui fut haultmière* détachait à tout venant sa ceinture dorée, qui aujourd'hui, métamorphosées en galanteries de beau lieu flairant le musc et l'ambre, figurent dans l'album armorié d'une Chloris aristocratique.

**La critique du xxe siècle est loin d'avoir totalement renoncé à une lecture « biographique » de l'œuvre de Villon, poète ET mauvais garçon. Cette approche est parti-**

culièrement sensible dans les nombreux romans, poésies, scénarios de film, chansons qu'a inspirés la figure de Villon au xxᵉ siècle. Paru en 1932, *Le roman de François Villon* de Francis Carco en est un des meilleurs témoins[1]. Elle se retrouve dans le parallèle que trace longuement Paul Valéry dans son étude de 1937 sur Villon et Verlaine. Mais on lira aussi dans les pages qui suivent quelques passages d'études qui privilégient une approche formelle de l'œuvre et interrogent diversement la poétique de Villon.

## PAUL VALÉRY : « L'INÉVITABLE PROBLÈME BIOGRAPHIQUE »

« Villon et Verlaine », *Œuvres*, t. I, Pléiade, 1957, p. 427-443.

La plupart des poètes, certes, parlent abondamment d'eux-mêmes. Et même, les lyriques d'entre eux ne parlent que d'eux-mêmes. Et de qui, et de quoi, pourraient-ils bien parler ? Le lyrisme est la voix du *moi*, portée au ton le plus pur, sinon le plus haut. Mais ces poètes parlent d'eux-mêmes, comme les musiciens le font, c'est-à-dire en fondant les émotions de tous les événements précis de leur vie dans une substance intime d'expérience universelle. Il suffit, pour les entendre, d'avoir joui de la lumière du jour, d'avoir été heureux, et surtout malheureux, d'avoir désiré, possédé, perdu et regretté — d'avoir éprouvé les quelques très simples sensations d'existence, communes à tous les hommes, à chacune desquelles correspond l'une des cordes de la lyre. [...]
    Cela suffit en général, et ne suffit pas pour Villon. On s'en est aperçu depuis fort longtemps, depuis

---

1. Francis Carco, *Le roman de François Villon*, Albin Michel, 1932, réimpr. La Table Ronde, 1996.

plus de quatre cents ans, puisque Clément Marot disait déjà que, pour « cognoistre et entendre » une partie importante de cette œuvre, « il fauldrait avoir été de son temps à Paris, et avoir congneu les lieux, les choses et les hommes dont il parle ; la mémoire desquels tant plus se passera, tant moins se congnoistra icelle industrie de ses lays dicts. Pour cette cause, qui vouldra faire une œuvre de longue durée, ne preigne son subject sur telles choses basses et particulières ».

Il faut donc nécessairement s'inquiéter de la vie et des aventures de François Villon, et tenter de les reconstituer, au moyen des précisions qu'il donne, ou de déchiffrer les allusions qu'il fait à chaque instant. Il cite des noms propres de personnes qui se sont heureusement ou fâcheusement mêlées à sa carrière accidentée ; il rend grâces aux uns, raille ou maudit les autres ; désigne les tavernes qu'il a hantées et peint en quelques mots, toujours merveilleusement choisis, les lieux et les aspects de la ville. Tout cela est intimement incorporé à sa poésie, indivisible d'elle, et le rend souvent peu intelligible à qui ne se représente pas le Paris de l'époque, son pittoresque et son sinistre. Je crois qu'une lecture de quelques chapitres de *Notre-Dame de Paris* n'est pas une mauvaise introduction à la lecture de Villon. Hugo me semble avoir bien vu — ou bien inventé —, à sa manière puissante, et précise dans le fantastique, le Paris de la fin du XVe siècle. Mais je vous renvoie surtout à l'admirable ouvrage de M. Pierre Champion, où vous trouverez tout ce que l'on sait sur Villon et sur le Paris de son temps.

Les difficultés que nous opposent les textes de Villon ne sont pas seulement les difficultés dues à la différence des temps et à la disparition des choses, mais elles tiennent aussi à la particulière espèce de l'auteur. Ce Parisien spirituel est un individu redoutable. Ce n'est point un écolier ni un bourgeois qui fait des vers et quelques frasques, et borne là ses risques, comme il borne ses impressions à celle que peut connaître un homme de son temps et de sa condition. Maître Villon est un être d'exception — car il est exceptionnel dans notre corporation (quoique fort aventureuse dans les idées), qu'un poète soit une manière de brigand, un criminel fieffé, fortement soupçonné de vagabondage spécial, affilié à d'effrayantes compagnies, vivant de rapine, crocheteur de coffres, meurtrier à l'occasion, toujours aux aguets, et qui se sent la corde au cou, tout en écrivant des vers magnifiques. Il en résulte que ce poète traqué, ce gibier de potence (dont nous ignorons encore comment il a fini, et pouvons craindre de l'apprendre), introduit dans ses vers mainte expression et quantité de termes qui appartenaient à la langue fuyante et confidentielle du pays mal famé. Il en compose parfois des pièces entières qui nous sont à peu près impénétrables. Le peuple du pays où se parle cette langue est un peuple qui préfère la nuit au jour, et jusque dans son langage, qu'il organise à sa façon, *entre chien et loup,* je veux dire entre le langage usuel, dont il conserve la syntaxe, et un vocabulaire mystérieux qui se transmet par initiation et se renouvelle très rapidement. Ce vocabulaire, parfois hideux, et qui sonne ignoblement, est parfois terriblement expressif. Même quand sa signification nous échappe, nous devinons, sous la physionomie brutale ou caricaturale des termes, des trouvailles, des images fortement suggérées par la forme même des mots.

C'est là une véritable création poétique du type primitif, car la première et la plus remarquable des créations poétiques est le langage. Quoique greffé sur le parler des honnêtes gens, l'argot, le jargon ou le jobelin est une formation originale incessamment élaborée et remaniée dans les bouges, dans les geôles, dans les ombres les plus épaisses de la grand-ville, par tout un monde ennemi du monde,

effrayant et craintif, violent et misérable, duquel les
soucis se partagent entre la préparation de forfaits,
le besoin de débauche, ou la soif de vengeance, et
la vision de la torture et des supplices inévitables (si
souvent atroces à cette époque), qui ne cesse
d'être présente ou prochaine dans une pensée toujours inquiète, qui se meut comme un fauve en
cage, entre crime et châtiment.

## ERIC HICKS : « QUE NOUS IMPORTENT LES AMOURS DE VILLON ? »

« Comptes d'auteur et plaintes contre X : de l'identité poétique du bien
renommé Villon » dans *Mélanges Roger Dragonetti*. Champion, 1996, p. 265-
280.

Mais de fait : que nous importent les amours de Villon ?

Il me semble qu'elles nous importent beaucoup,
ou qu'en tout cas elles ont, historiquement, beaucoup importé. Depuis Platon au moins, on sait que
les poètes sont des menteurs, et il paraît ainsi illu-
soire, sur le plan purement textuel, de vouloir distinguer le mensonge parachevé de la parole sincère :
en l'absence de critères objectifs, la préférence irait
au mensonge parachevé, car le vrai n'a pas toujours les apparences de la vérité. Le postulat biographique ne sera jamais qu'un postulat, et c'est au
fond indifférent sur le plan de la lecture, mais il
importe de savoir pourquoi nous exigeons de Villon,
s'il entend parler des prostituées, qu'il les ait préala-
blement fréquentées... Villon était-il Villon ? Probablement pas, et les sceptiques ont toujours les
meilleurs arguments. Mais ils sont condamnés à ne
jamais convaincre personne. Car cette question de
l'intérêt est le succédané d'une autre : celle de
l'intensité de l'émotion poétique. Le réflexe biographique est la recherche d'un témoignage, de
l'apparence crédible d'une authenticité. Il procède

de l'œuvre, il ne détermine pas l'œuvre, surtout lorsque l'œuvre est, comme ici, un témoignage isolé. Il ne faudrait pas être dupe de ses exigences, à l'instar de qui voudrait savoir si Sherlock Holmes portait « réellement » une casquette de chasseur. Les mythes personnels s'élaborent à partir de l'expérience poétique : dans l'ordre de l'objectivité, la méthode qui porte le nom de Sainte-Beuve renverse les effets et les causes : chacun sait que Lamartine a trahi en ses vers le souvenir du Lac... ; ce qui compte, c'est que l'on veuille bien croire le contraire. La poésie ne repose pas sur la biographie, la biographie — toujours romancée — prolonge l'émotion poétique jusque dans ses prétentions historicistes. Car on exige avec Nietzsche que les poètes écrivent avec leur sang ; l'erreur est de se prendre à ce mirage. C'est Lagarde et Michard, ou peut-être nous-mêmes qui voulons que Villon ait écrit *La Ballade des Pendus* à l'ombre du gibet, avant la grâce : le circuit est mal orienté, si l'on prend cette sortie pour une entrée. En réclamant pour le personnage de Villon une historicité, c'est de l'intensité de son expérience lyrique que témoigne le lecteur, non de la profondeur de son savoir. Tant que l'histoire ne fait pas obstacle, cette recherche ou plutôt ce rêve, sera des plus légitimes. Si Villon prisonnier est une illusion, cette illusion est néanmoins une vérité : le cachot, ses chaînes, le gibet, s'élaborent à partir du poème : le xv$^e$ siècle tout entier est suscité, sinon ressuscité, par cette image. L'histoire n'explique rien (ou si peu), mais l'ombre que la poésie projette sur elle l'illumine d'une obscure clarté.

# NANCY F. REGALADO : « LE THÈME DU *TESTAMENT*... LA MÉMOIRE DU MORTEL »

« La fonction poétique des noms propres dans le *Testament* de François Villon », dans *Cahiers de l'Association internationale des études françaises*, vol. 32, 1980, p. 51-68 et 249-252.

La force de ce texte qui instaure un nom et un monde en fait un extraordinaire poème du souvenir, remarquable aussi par l'objet proposé à notre mémoire. Ni ce nom ni ce monde ne se présentent comme valeur exemplaire ; *Villon* n'est ni un héros, ni un saint, ni un roi digne du souvenir et de la gloire. Ce *je* poétique ne s'offre pas à nous pour que nous l'imitions mais pour que nous le reconnaissions, que nous le rappelions. Il n'est pas le *Everyman* de la moralité anglaise, le *homo viator* engagé dans le pèlerinage de la vie humaine ni l'âme nue et dépouillée du mystique qui pratique le *contemptus mundi* pour se détacher des liens charnels et des affections terrestres. Il se présente dans tout le détail d'une existence particulière et inimitable, plongée dans la matérialité. On n'a pas assez remarqué à quel point il est rare de trouver une méditation sur la mort écrite dans un style si bas, si profane, attribuée à un individu grotesque, *ung bon follastre* (*Test.*, v. 1883) dans un monde anecdotique, au *povre Villon* qui, loin de renoncer au monde, regarde avidement les plaisirs de la vie « par ung trou de mortaise » (*Test.*, v. 1480). « Toi, Françoys... Qui n'es homme d'aucune renommee », lui dit Fortune dans la ballade dite « au nom de la Fortune ».

Le *Testament* ne nous propose donc pas le souvenir du glorieux, du mémorable ni de l'exemplaire — Villon n'est pas Ronsard — mais le souvenir de cela même qui n'est pas digne de mémoire. Le poète fait ce que Marot croyait si difficile, « une œuvre de longue durée » ayant pour sujet « telles choses basses et particulieres », rappelées dans la forme à la fois la plus éphémère et la plus permanente, celle des lettres écrites, évoquée dans le huitain CLXXXVII :

> Item, vueil qu'autour de ma fosse
> Ce qui s'ensuit, sans autre histoire,
> Soit escript en lettre assez grosse,
> Et qui n'auroit point d'escriptoire,
> De charbon ou de pierre noire,
> Sans en riens entamer le plastre ;
> Au moins sera de moi memoire,
> Telle qu'elle est d'ung bon follastre
> (Test., 1876-1883).

Le poème du *Testament* ne célèbre pas le renom mais un nom, non pas ce qui est mémorable mais le pouvoir immense du souvenir. Le thème du *Testament* n'est pas l'immortalité mais la mémoire du mortel. Dans le sens le plus profond, le *Testament* est une épitaphe, une inscription qui commémore si bien un nom que « le temps, qui tout efface, jusques icy ne l'a sceu effacer ».

## JEAN DUFOURNET : LE *TESTAMENT*, DÉRISION ET CARNAVAL

*François Villon, Poésies,* Lettres françaises, collection de l'Imprimerie nationale, Paris, 1984, introduction, p. 9-48:

La seconde partie du *Testament*, qui imite avec minutie un testament réel du XIVe ou du XVe siècle, se transforme rapidement en un grand défilé de carnaval, en une fête de la parodie et de la métamorphose dont les acteurs, souvent grotesques, nous sont évoqués par leur nom que Villon a rendu signifiant, ou par un don qu'ils portent ou tiennent entre leurs mains, ou par un détail, un trait du visage ou du corps grossi jusqu'à la caricature. Cette procession burlesque, où les gens s'avancent par groupes, affranchit de la vérité dominante, abolit les rapports hiérarchiques et les tabous dans une égalité subversive qui libère les individus des règles constantes de l'étiquette et de la décence, et qui traduit le refus de l'immuable et de l'éternel au profit des formes changeantes qui reflètent la conscience du caractère relatif des vérités et des autorités, à travers les permutations et les détrônements bouffons. [...]

Menant le jeu avec force grimaces, Villon prend tous les masques : testateur mourant qui ressuscite, amoureux transi, chevalier élégant, banquier, pèlerin, pédagogue, médecin, proxénète, vieux singe, *viel usé rocard*, « vieil oiseau tout déplumé », émule de saint Martin qui partage en deux son grand manteau... ; il utilise diverses voix, celles du pirate Diomédès, d'une vieille femme qui autrefois vendait des heaumes, de sa mère, du grand seigneur Robert d'Estouteville.

Le *Testament* se termine par deux ballades carnavalesques, évoquant, l'une, intitulée la *Ballade de merci*, un cortège qui comporte, entre autres, des bateleurs traînant des guenons, des fous et des folles, des sots et des sottes dans leur costume traditionnel, porteurs de vessies remplies de petits pois et de marottes tintinnabulantes, des *traîtres chiens mâtins ;* l'autre, la *Ballade finale*, un enterrement burlesque dont les participants, *vêtus rouge comme vermillon,* entourent le mort, Villon, martyr d'amour, qui se redresse pour boire un verre de *vin morillon,* du « gros rouge », et c'est sur ce geste que Villon quitte la compagnie et que se termine le *Testament.*

Le jeu des masques, qui peuvent surprendre, émouvoir ou choquer, s'oppose à l'immobilité et met l'accent sur le renouveau social, historique, personnel ; le déguisement marque la rénovation du personnage social ; mais se révéler différent et contradictoire, c'est ne rien révéler de soi en particulier. Le rire offre un monde différent et une vie autre, détruit les limites de l'un, bouleverse l'ordre social et naturel, fait éclater l'univers du sérieux. Dans ce jeu insolite, on passe facilement de l'humain à l'animal, voire au végétal, sans qu'aucune frontière nette les sépare, ni qu'aucune stabilité les maintienne sous le même aspect, dans un mouvement constant de l'existence éternellement inachevée, qui s'exprime dans la permutation des formes et de la hiérarchie, comme dans les sculptures du Moyen Âge ; ainsi, sur les piliers de Souillac, huit bêtes montent à l'assaut du linteau : chaque fois, c'est un fauve à tête, ailes et serres d'aigle qui se croise et s'affronte avec un lion incroyablement allongé dont le cou a passé sous le boudin festonné qui masque les bords. Cette création permanente, qui associe des éléments hétérogènes, affranchit du banal et du conventionnel, jette un regard neuf sur le monde, élargit les possibilités du langage et de la réalité, libère le vocabulaire et les mœurs. Ce rire n'est pas seulement un moyen de conquérir le lecteur, ni un masque protecteur ; il écarte les angoisses personnelles et les angoisses du temps, vainqueur du sérieux extérieur comme de la censure intérieure, victorieux de la peur de l'au-delà, de la mort, du sacré, de l'enfer, des mauvaises gens et des soldats licenciés, de l'épidémie, des puissants de ce monde, triomphant de l'angoisse d'une société bouleversée dans ses croyances, en proie à une crise métaphysique, contemplant son déclin, s'opposant à l'hypocrisie et à la flatterie. Libération sans doute éphémère, puisque, la fête finie, l'homme retombe sous le joug de la peur, comme le suggère la dernière ballade du *Testament*, burlesque certes et éclairée par des plaisanteries, mais ressassant toutes les hantises du poète. [...]

Du *Lais* au *Testament,* la frénésie délirante du langage, qui détruit la nature humaine et traduit la perversité du monde, enferme davantage Villon dans sa détresse, rejeté de la société, acceptant sa différence, s'enfonçant plus loin dans le cauchemar. Jongleur, le rire qu'il dispense menace à tout moment de s'étouffer dans un sanglot. Du *Lais* au *Testament,* nous assistons à la chute d'un être qui perd son identité, qui se replie sur lui-même et dont l'imaginaire prend le pas sur les autres formes d'expression. Le carnaval dans lequel se meuvent ces êtres grotesques et ces figures grimaçantes est pour Villon le seul moyen non pas de cacher son désespoir, mais de l'exprimer. C'est par lui que le poète assume la dégradation de son être. En bouleversant et recréant le monde concret, Villon en révèle la vraie nature, la cruauté et l'étrangeté, et lui-même se dissout dans le tumulte du monde qu'il a créé.

## ROGER DRAGONETTI : LE *TESTAMENT,* « UNE PARODIE DE LA LITTÉRATURE COMME TELLE »

« L'œuvre de François Villon devant la critique positiviste », *La musique et les lettres,* Genève, Droz, 1986, p. 323-342.

Ainsi le *Lais* et le *Testament* de Villon offrent l'exemple le plus accompli d'une œuvre dont la structure inclut sa propre faille, son principe actif de destruction de tous les signes, sous le simulacre d'un rituel funéraire qui prépare la mise au tombeau du personnage.

Écrire ne signifie pas seulement pour Villon procéder à un ensevelissement symbolique du personnage, mais destiner l'œuvre elle-même à son lieu d'effacement et pour cette raison rendre sensibles la précarité, l'instabilité des mots, leur tremblement phonique et sémantique, leur caractère fictif, montrer que tout ce que la langue produit est fausse monnaie et qu'en tout cas les signes sont doubles et menteurs :

> *Mon ami est qui me faict entendre*
> *D'ung cigne blanc que c'est ung corbeau noir*
> (*P.D.*, II, v. 25-26).

[...]

Imitation d'un genre appelé le « Testament burlesque », la parodie du *Lais* et du *Testament* est portée à la seconde puissance pour devenir une parodie de la littérature comme telle. C'est parce que la littérature ne pourra jamais être autre chose que sa propre contrefaçon, le double d'un original perdu, c'est parce qu'il n'y a jamais eu d'autre écriture qu'en simulacre, que Villon ne cesse de mettre en scène les attitudes de la langue et ses registres citationnels. Car c'est toujours par le biais de la parodie (« le chant à côté » selon la définition d'Aristote) que Villon ouvre, entre le modèle et son imitation, cet espace d'entre-deux où le modèle cité, d'être entendu de plus loin, devient plus beau, ou grinçant ou dérisoire (l'amour courtois par exemple) ou démesurément gauchi, jusqu'à la caricature.

# III. BIBLIOGRAPHIE

Voir également la bibliographie donnée aux p. 203-204 et 210-212 de l'édition Poésie/Gallimard et les études que nous citons dans les notes et dans les encadrés.

## PRINCIPALES ÉDITIONS CRITIQUES MODERNES

1911 : éd. A. Longnon (révision de l'éd. de 1892), Paris, Champion, CFMA, 2 ; 4e éd. revue par L. Foulet, 1932 (réimpr. 1967). Ne contient pas les ballades en jargon. La réimpr. de 1970 ajoute des notes sur le texte par A. Lanly.

1923 : éd. L. Thuasne, 3 vol., Paris, Picard, 1923. Cette édition qui comporte un très ample commentaire, donne notamment en appendice (t. III) les ballades en jargon et un glossaire du jargon.

1971 : éd. A. Lanly, Ballades en jargon (y compris celles du ms. de Stockholm), Paris, Champion.

1973 : éd. J. Dufournet, *Poésies,* Paris, Gallimard ; 2e éd. revue 1988 (n° 1216). Ne donne pas les ballades en jargon. C'est notre édition de référence.

1974-1985 : éd. J. Rychner et A. Henry, *Le Testament Villon*, I, Texte, II, Commentaire (1974, Genève, Droz, TLF) ; *Le Lais Villon et les poèmes variés,* I, Texte, II, Commentaire (*ibid.*, 1977) ; *Index des mots. Index des noms propres. Index analytique* (*ibid.*, 1985). Ne donne pas les ballades en jargon.

1984 : éd. J. Dufournet, *Poésies,* Paris, Imprimerie nationale. Le texte de cette édition, assortie d'une traduction, a été en partie repris en 1992 dans la collection bilingue GF-Flammarion.

1988 : éd. G. Di Stefano, *De Villon à Villon, 1, Le Lais François Villon, ms. Arsenal 3523*, Montréal, CERES (Inedita et Rara 3).

1991 : éd. Claude Thiry, *Poésies complètes*, Paris, Livre de Poche, coll. « Lettres gothiques ».

Sur la tradition éditoriale jusqu'en 1977, voir Mary Speer, « The Editorial Tradition of Villon's *Testament :* From Marot to Rychner and Henry », *Romance Philology*, vol. XXXI, n° 2, 1977, p. 344-361.

## TRADUCTIONS, LEXIQUE, CONCORDANCIER

A. Burger, *Lexique complet de la langue de Villon*, 2<sup>e</sup> éd., Genève, Droz, 1974 (Publications romanes et françaises).

A. Lanly, *Œuvres, traduction en français moderne accompagnée de notes explicatives*, 2 vol., 2<sup>e</sup> éd., Paris, Champion, 1974.

Voir également les traductions données dans les éditions 1984 et 1992 de J. Dufournet.

*Le Testament de François Villon*, Concordancier des formes graphiques occurrentes établi d'après l'édition Longnon-Foulet (Champion, CFMA, n° 2), TELMOO, Université de Limoges, 1992.

## BIBLIOGRAPHIES

Robert D. Peckham, *François Villon : A Bibliography*, New York, Londres, Garland, 1990.

Des compléments à cette bibliographie sont régulièrement diffusés par les soins de Robert D. Peckham (University of Tennessee Martin), sous le titre de *Société François Villon Bulletin* et consultables sur Internet (bobp@utm.edu).

Rudolf Sturm, *François Villon : Bibliographie und Materialien*, 1489-1988, 2 vol., Munich, K. G. Saur, 1990.

## CHOIX D'ÉTUDES ET DE RECUEILS

Peter Brockmeier, *François Villon,* Metzler, Stuttgart, 1977.

G. A. Brunelli, *François Villon, Commenti e contributi,* Peloritana Editrice, Messine, 1975. Concerne surtout les *Poésies diverses.*

P. Champion, *François Villon, Sa vie et son temps,* 2 vol., Paris, Champion, 1913 (réimpr. Champion, 1984).

Pierre Demarolle, *Villon, un testament ambigu,* Larousse Université, coll. « Thèmes et textes », 1973.

Jean Derens, Jean Dufournet et Michael Freeman, *Villon hier et aujourd'hui. Actes du colloque pour le cinq centième anniversaire de l'impression du « Testament » de Villon,* Bibliothèque historique de la Ville de Paris, 15-17 décembre 1989, Paris, 1993.

Roger Dragonetti : « Lorsque l'escollier Villon teste et proteste », *Lingue e Stile,* vol. V, n° 3, 11, 1970 ; « Le contredit de François Villon », *Modern Language Notes,* vol. XCVIII, 1983 ; « La Ballade de Fortune », *Revue des langues romanes,* vol. LXXXVI, n° 2, 1982 ; « François Villon devant la critique positiviste », *Écriture,* Lausanne, 1985 ; articles repris dans *La musique et les lettres,* Genève, Droz, 1986.

Jean Dufournet, *Villon et sa fortune littéraire,* Saint-Médard-en-Jalles, 1970.

— *Recherches sur le « Testament » de François Villon,* 2 vol., 2e éd., Paris, SEDES, 1971 et 1973.

— *Nouvelles Recherches sur François Villon,* Paris, Champion, 1980.

— *Ambiguïté et carnaval,* Paris, Champion, 1992.

Jean Favier, *François Villon,* Fayard, 1982.

John Fox, *The Poetry of Villon,* Thomas Nelson and Sons Ltd, 1962.

Pierre Guiraud, *Le « Testament » de Villon et le gai savoir de la Basoche,* Gallimard, 1970.

Tony Hunt, *Villon's Last Will, Language and Authority in the « Testament »*, Clarendon Press, Oxford, 1996.

David Kuhn, *La poétique de François Villon,* Paris, Armand Colin, 1967 (réimpr. 1992 sous le nom de D. Mus).

Christine Martineau-Genieys, *Le thème de la mort dans la poésie française de 1450 à 1550,* Paris, Champion, 1978.

Jean-Claude Mühlethaler, *Poétiques du xv* siècle. Situation de François Villon et Michault Taillevent,* Paris, Nizet, 1983.

Gaston Paris, *François Villon,* Paris, Hachette, 1901.

Italo Siciliano, *François Villon et les thèmes poétiques du Moyen Âge,* Paris, Nizet, 1934 (réimpr. 1967).

A. J. A. Van Zoest, *Structures de deux testaments fictionnels : le « Lais » et le « Testament » de François Villon,* La Haye, Mouton, 1974.

Evelyn Birge Vitz, *The Crossroad of Intentions : A Study of Symbolic Expression in the Poetry of François Villon,* La Haye, Mouton, 1974.

## PRINCIPALES ŒUVRES MÉDIÉVALES CITÉES

Charles d'Orléans, *Ballades et rondeaux,* éd. J.-Cl. Mühlethaler, Paris, Livre de Poche, coll. « Lettres gothiques », 1992.

Alain Chartier, *Poèmes,* Textes établis et présentés par J. Laidlaw, Paris, UGE, 10/18, coll. « Bibliothèque médiévale », 1988.

*Les Congés d'Arras (Jean Bodel, Baude Fastoul, Adam de la Halle),* éd. P. Ruelle, Presses universitaires de Bruxelles et Presses universitaires de France, 1965.

Eustache Deschamps, *Œuvres complètes,* éd. Queux de Saint-Hilaire et G. Raynaud, 11 vol., Paris, Didot (SATF), 1878-1904.

Pierre de Hauteville, *La Confession et le Testament de l'amant trespassé de deuil,* éd. Rose M. Bilder, CERES, Montréal (Inedita et Rara 1), 1982.

Guillaume de Lorris et Jean de Meun, *Le Roman de la Rose,* éd. et trad. par A. Strubel, Paris, Livre de Poche, coll. « Lettres gothiques », 1992.

Hélinand de Froidmont, *Vers de la mort,* poème du XIIe siècle, traduit en français moderne par Michel Boyer et Monique Santucci, Paris, Champion /Traductions, 1983.

Jean de Meun, *Le Testament,* éd. S. Buzzetti Gallarati, Alessandria, éd. dell'Orso, 1989.

*Le Parnasse satyrique du quinzième siècle*, Anthologie de pièces libres publiées par Marcel Schwob, Paris, H. Welter, 1905.

Jean Regnier, *Les Fortunes et adversitez,* éd. E. Droz, Paris, SATF, 1923. Le *Testament* du poète (en quatrains d'octosyllabes), suivi de son *Congé* (en sizains de décasyllabes ponctués d'un refrain, « Adieu vous dy se mourir me convient »), occupe les v. 3577-3900.

Philippe de Vitry, *Le Dit de Franc Gontier,* éd. A Piaget, dans « Le Chapel des fleurs de lis », *Romania,* vol. XXVII, 1898, p. 61-65.

René d'Anjou, *Le Livre du Cuer d'Amours espris,* éd. S. Wharton, Paris, UGE, 10/18, coll. « Bibliothèque médiévale », 1980.

Rutebeuf, *Œuvres complètes,* éd. M. Zink, 2 vol., Paris, Bordas, Classiques Garnier, 1989 et 1990.

Michault Taillevent, *Un poète bourguignon du XVe siècle. Michault Taillevent (Édition et Étude),* par R. Deschaux, Genève, Droz (Publications françaises et romanes), 1975.

# TABLE

## ESSAI

Paul Valéry – Eric Hicks – Nancy F. Regalado – Jean Dufournet – Roger Dragonetti.

196    III. BIBLIOGRAPHIE

# DANS LA MÊME COLLECTION

## À PARAÎTRE

*Composition Traitext.*
*Impression Bussière Camedan Imprimeries*
*à Saint-Amand (Cher), le 3 avril 1998.*
*Dépôt légal : avril 1998.*
*Numéro d'imprimeur : 982141/1.*

ISBN 2-07-040126-X./Imprimé en France.

78434